검술천재

하북팽가 검술천재 23

2024년 1월 19일 초판 1쇄 인쇄
2024년 1월 24일 초판 1쇄 발행

지은이 이도훈
발행인 김관영

기획 이기헌 왕소현 임동관 박경무 강민구 조익현
책임편집 주현진
마케팅지원 이원선

발행처 (주)로크미디어
출판등록 2003년 3월 24일
주소 서울시 마포구 마포대로 45 일진빌딩 6층
Tel (02)3273-5135 Fax (02)3273-5134
홈페이지 rokmedia.com E-mail rokmedia@empas.com

© 이도훈, 2022

값 9,000원

ISBN 979-11-408-1315-5 (23권)
ISBN 979-11-354-7650-1 04810 (세트)

ROK
MEDIA
로크미디어

이도훈 신무협 장편소설

23

하북팽가

검술천재

차례

외유내강   7

천수장에서의 내기   65

판돈의 주인   123

급보   171

그게 바로 접니다   197

새로운 물결   255

외유내강

장유중이 한빈에게 털어놓은 사실은 간단했다.

장유중이 하북팽가까지 온 이유는 한빈을 위해서가 아니었다.

그가 이곳까지 온 이유는 어릴 때 헤어진 동생을 찾기 위해서라고 했다.

그는 최근 가문을 나간 동생의 소식을 들었다고 했다.

소문에 의하면 그의 동생이 오래전 정착한 곳이 하북 지역이라고 했다.

당시 동생에 대한 이야기를 하며 장유중은 회상하듯 연신 한숨을 내쉬었다.

동생이 가문에서 나간 이유가 바로 자신 때문이라고 했다.

동생은 가문 내에서 장유중과 비교당하기 싫다며 가문을 나간 것.

가문을 빠져나가는 동생을 봤지만, 장유중은 동생을 말리지 않았다고 한다.

그저 세상에 나가 뜻을 펼쳐 보라고 조언했다고 한다.

그때까지만 해도 동생이 가문으로 돌아오지 않을 줄은 몰랐다고 했다.

그때 가지 말라는 한마디만 했어도 장유중은 이렇게까지 후회하지는 않았을 것이라고 한빈에게 털어놨다.

동생이 가문으로 돌아오지 않는 가장 큰 이유가 자신 때문이라고 장유중은 생각하고 있다.

여기까지가 장유중이 하북까지 오며 한빈에게 한 말이었다.

장유중은 이런 이야기를 누구에게도 하지 않았다고.

자신의 마음을 털어놓은 것은 한빈이 처음이라고 했다.

장유중은 동생이 살아 있을 것이라고는 생각하지 않는다고 했다.

그저 동생의 흔적이라도 보고 싶다고 그는 밝혔다.

여기까지가 장유중의 이야기였다.

재미있는 것은 장문수의 이야기 역시 이와 흡사하다는 것이다.

장문수의 아비는 학문적 견해가 달라서 가문에서 나왔다

고 했다.

그때 누구도 장문수의 아비를 잡지 않았다고 했다.

오히려 세상에 나가 뜻을 펼쳐 보라 부추기기까지 했다고
한다.

그렇게 장문수의 아비는 하북 지역에 흘러들어 조그만 서
당을 하고 있었던 것.

거기에 성씨도 같지 않은가?

한빈은 그들의 이야기와 용린검법이 준 단서들을 곱씹어
봤다.

용린검법은 인연을 찾는 것이 구결 획득의 방법이라고 했
다.

한빈은 단순한 구결 획득이 아니라 그 이상의 것을 얻을
수 있다고 확신했다.

장문수에게 관심을 가지는 이유는 이것뿐만이 아니었다.

사실 더 중요한 계획이 있었다.

바로 '지(智)'의 구결을 획득하는 일이었다.

지금 획득한 지의 구결은 모두 쉰 개였다.

중원의 인재가 모두 모인다는 유림 서원에서 마흔 개만 손
에 넣었을 뿐이다.

그렇다면 지의 구결을 한계까지 채운다는 것은 불가능한
일일까?

한빈은 지의 구결을 획득할 수 있는 구체적인 방법을 가지

고 있었다.

바로 만드는 것이다.

한빈은 이미 적혈맹호대가 수련을 통해서 강해지면서 구결이 생겨나는 것을 봐 왔다.

적혈맹호대를 통해 초식의 기본이 되는 구결을 적잖게 획득했었다.

그렇다면 장문수나 나머지 서기들도 학문에 집중한다면지의 구결이 추가로 더 생겨날 수 있을지 몰랐다.

물론 장문수 하나만으로는 부족했다.

학문에 뜻을 한 번이라도 뒀던 자라면 분명히 지금의 미끼를 물 터였다.

이것이 한빈이 노리는 점이었다.

물론 시간은 넉넉했다.

뒤통수를 간지럽히는 백경과의 싸움을 위해서는 먼저 움직일 필요는 없었다.

그저 낚싯대를 드리워 놓고 기다리면 되었다.

그동안 한빈은 용린검법을 확실하게 완성해야 했다.

만약 용린검법을 완성하지 못한다면?

뒤통수가 근질거리는 채 평생 눈치만 보고 살아야 할지도몰랐다.

한빈은 의미심장한 눈빛으로 장문수를 바라봤다.

그 눈빛만으로 장문수는 어깨를 살짝 움츠렸다.

한빈의 눈빛은 마치 거대한 바위 위에 우뚝 선 호랑이의 눈빛 같았다.

느낌이 그렇다는 거지, 한빈은 사람 좋은 얼굴로 장문수를 바라보고 있을 뿐이었다.

물론 한빈의 주변 사람들은 그 눈빛이 무엇을 의미하는지 알고 있었다.

설화는 앞에 놓은 음식을 뒤로하고 어디론가 사라졌다.

사사—삭.

설화가 바닥 쓰는 소리만 남기고 사라지자, 한빈은 조용히 장문수를 불렀다.

"장 서기님은 잠깐 따라오시죠."

"네, 공자님."

장문수는 조용히 뒤를 따랐다.

한빈은 연회가 열리는 전각을 빠져나왔다.

터벅터벅.

한빈의 발소리는 오늘따라 웅장하게 울렸다.

마치 일부러 사람들의 시선을 끌려는 듯했다.

이렇게 시선을 끌었는데 사람들이 한빈을 못 볼 리 없었다.

술잔을 들려 했던 사람들의 고개가 점점 돌아갔다.

그들은 말없이 한빈의 뒷모습을 바라봤다.

상석에 앉아 있던 가주 팽강위가 고개를 돌리자 장유중이 눈짓했다.

"어떻게 된 일인지 한번 확인하는 것이 좋겠습니다."

"네, 그러는 게 좋겠군요."

가주 팽강위와 장유중이 조용히 자리에서 일어났다.

한빈은 멀리 가지 않았다.

그가 자리한 것은 연회가 열리는 전각의 앞마당이었다.

전각의 앞마당에는 빈 탁자가 몇 개 있었다.

연회가 열리는 이곳 전각 앞에 항상 배치되어 있는 곳으로, 연회를 준비하는 일꾼들이 쉴 수 있도록 구석에 마련된 자리였다.

평소 같으면 어두컴컴해서 얼굴도 보이지 않았겠지만, 오늘 열리는 연회 덕분에 앞마당에는 불이 환하게 밝혀져 있었다.

마치 보름달이 수십 개는 떠 있는 듯 커다란 호롱불이 두꺼운 줄에 매달려 있었다.

호롱불은 마치 수십 개의 보름달처럼 보이기도 했고 사람의 눈처럼 보이기도 했다.

장문수가 얼떨떨한 표정으로 한빈을 보고 있을 때였다.

한빈이 손가락을 튕겼다.

딱.

그 소리에 전각 안에 있던 모든 이의 시선이 한빈에게 집중된 것은 당연했다.

모두가 한빈을 보며 침을 꿀꺽 삼켰다.

평온한 표정으로 지켜보던 팽강위도 눈매를 좁혔다.

그 옆에 있던 장유중은 당황한 기색을 감추지 못했다.

그도 그럴 것이 한빈이 손가락을 튕기면 꼭 사건이 일어났기 때문이다.

한빈은 주위의 시선에는 아랑곳하지 않고 조용히 장문수를 바라봤다.

장문수는 어찌할 바를 모르다가 조심스럽게 물었다.

"저를 제자로 들이시는 게 싫으십니까? 공자님."

"……."

한빈은 질문에 답하지 않았다.

그저 팔짱을 끼고 장문수를 바라볼 뿐이다.

장문수의 얼굴이 점점 벌겋게 달아올랐다.

한빈이 자신을 망신 준다고 여겼기 때문이다.

장문수의 판단에는 근거가 충분했다.

그가 한빈을 인정한 것은 몇 시진 전이었다.

그 전에는 한빈의 험담을 입에 달고 살던 그였다.

그러니 벌을 내린다면 달게 받을 수밖에 없었다.

장문수는 입술을 앙다물었다.

그는 결심이 섰다는 듯 한빈을 바라봤다.

벌을 받고 제자로 들어갈 수 있다면, 그렇게라도 할 작정이었다.

장문수가 조용히 고개를 숙였다.

"죗값을 받겠습니다. 하지만 저를 제자로……."

"무슨 죄를 지었다고 그러십니까? 장 서기님."

"그게……."

장문수는 말을 맺지 못했다.

눈 깜짝할 사이에 신형 하나가 옆에서 나타났기 때문이다.

"헉!"

장문수가 놀라 뒤로 물러났다.

어찌나 당황했는지 의자와 함께 뒤로 넘어질 뻔했다.

한빈이 자리에서 일어나 넘어지려는 장문수를 재빨리 잡았다.

덕분에 장문수는 뒤로 넘어지는 봉변을 피할 수 있었다.

한빈은 아무렇지 않게 다시 자리에 앉아 설화를 바라봤다.

"설화야, 기적을 드러내라고 하지 않았느냐?"

"공자님, 이게 버릇이 돼서 고쳐지지가 않아요. 헤헤."

설화가 뒷머리를 긁적였다.

그것도 잠시, 설화는 진지한 표정으로 보따리를 탁자에 올려놓았다.

그러고는 장문수를 보며 빙긋 웃었다.

"왜 그렇게 놀라세요? 장 서기 아저씨."

"정말 깜짝 놀랐다. 소리 없이 나타나서 나는 네가 귀신인
줄 알았어. 간 떨어질 뻔했다."

장문수가 설화를 바라보며 가슴을 쓸어내렸다.

설화가 배시시 웃으며 손을 내저었다.

"장 서기 아저씨는 절대 간 떨어지면 안 돼요. 저번에 얻어
먹은 당과도 있는데……. 이건 배은망덕이죠, 헤헤."

"그래, 놀라지 않으마."

장문수가 손을 휘휘 내젓자, 한빈이 재미있다는 듯 설화를
바라봤다.

"달빛도 그렇고 네 무복도 그렇고 착각하기에 딱 좋지."

"아, 공자님까지 놀리면 어떻게 해요?"

"농담은 이쯤에서 그만두고 일단 가져온 계약서를 펼쳐 봐
라, 설화야."

한빈의 말에 설화가 빛의 속도로 보따리를 풀었다.

보따리를 열자 지필묵과 여러 장의 계약서가 나왔다.

한빈은 거리낌 없이 계약서를 장문수의 앞에 펼쳤다.

촤르륵.

장문수는 눈앞에 펼쳐진 광경에 아연실색하고 있었다.

그것도 잠시, 턱짓하는 한빈의 모습에 조심스럽게 물었다.

"이게 다 무엇입니까?"

"계약서입니다."

"계, 계약서라니요?"

"이 중에 가장 마음에 드는 것으로 고르시지요. 제가 홍칠개 사부와 사제의 연을 맺었을 때도 비슷한 계약서를 썼습니다."

"그러고 보니……."

장문수는 당시를 떠올렸다.

분명히 한빈은 홍칠개와 사제의 연을 맺을 때 계약서를 썼었다.

이것은 하북팽가의 식솔들이라면 누구나 아는 사실이었다.

임시 계약이긴 해도 아직까지는 둘 중 누구 하나도 파기 의사를 밝힌 적이 없기에, 사제의 연은 계약에 따라 유지되고 있었다.

잠시 망설이던 장문수는 조용히 계약서 하나를 잡았다.

"이걸로 하겠습니다."

"좋습니다."

한빈이 고개를 끄덕이며 설화를 바라봤다.

설화가 기다리고 있었다는 듯 장문수에게 붓을 내밀었다.

붓을 전한 설화는 의심 가득한 눈으로 한빈을 바라봤다.

한빈이 이렇게까지 공을 들이는 이유가 떠오르지 않았다.

장문수는 설화도 잘 아는 사람이었다.

평소에 툴툴거리긴 해도 설화를 볼 때마다 당과를 내밀던 마음씨 좋은 사람이었다.

하지만 거기까지였다.

계약서까지 들이밀며 그를 제자로 들일 이유는 없었다.

한빈은 항상 계약서는 자격이 있는 자에게만 주어지는 것이라 말하곤 했다.

불공정한 계약서지만, 그마저도 자격이 안 된다면 들이밀지 않는다는 말이었다.

거기에 지금 한빈은 모두의 시선을 끌어모으고 있다.

과연 어떻게 된 일일까?

설화는 고개를 저었다.

한빈이 하는 일에는 반드시 깊은 뜻이 있다.

자신의 잣대로 한빈이 하는 일을 평가하는 것은 참새가 봉황의 날갯짓을 평가하려는 것과 같다고 생각했다.

설화의 시선에는 아랑곳하지 않고 장문수는 사제 계약서 중 하나에 서명했다.

쓱쓱.

그렇게 한빈과 장문수의 뜻하지 않은 계약이 진행되고 있을 때였다.

멀리서 한빈을 지켜보던 가주 팽강위가 고개를 갸웃했다.

"저게 대체 무슨 일인지 모르겠군요."

"하하, 팽 유생은 계약서를 참 좋아하더군요."

"계약서라니요?"

"설마 모르고 계셨던 겁니까?"

장유중이 의심 가득한 눈초리로 바라봤다.

그때였다.

하북팽가의 서기들이 하나둘씩 전각을 나왔다.

그들이 향한 곳은 한빈과 장문수가 있는 곳이었다.

서기들이 한빈을 빙 둘러쌌지만, 아무 말도 하지 못하고 입술만 달싹였다.

그들이 이곳에 온 이유는 간단했다.

한빈에게 배움을 청하기 위해서였다.

그들은 한빈의 학문에만 감복한 것이 아니었다.

서기들 대부분은 한빈의 인품에 감동했다.

장문수의 실수를 가려 주면서 최고의 문장을 뽑낸 한빈이야말로 그들이 모시고 싶은 스승이었다.

처음에는 한빈이 이룬 학문의 경지에 대해서 반신반의했다.

하지만 장유중이 극찬하자 그들은 확신했다.

장유중은 빈말하지 않는 것으로 유명한 대쪽 같은 학자였다.

그런 극찬은 과거 시험에서 장원급제 한 자도 받기 힘든 것이었다.

그러니 그들이 한빈에게 배움을 청하고 싶어 하는 것은 당연한 일이었다.

입술만 달싹이는 서기들을 본 한빈은 사람 좋은 얼굴로 설화에게 턱짓했다.

신호를 받은 설화가 기다렸다는 듯 그들에게 외쳤다.

"다들 줄을 서세요!"

설화는 신난 듯 팔까지 빙빙 돌리며 몸을 풀었다.

어느새 청화도 팔을 걷어붙이고 한빈의 옆에 섰다.

소군이 따라온 것은 어찌 보면 당연한 일이었다.

서기들은 줄을 서서 계약서를 들고 고민하기 시작했다.

한빈이 눈앞에 놓인 계약서 중 고르라고 했기 때문이었다.

장문수 다음으로 서명하려는 서기의 눈동자는 정신없이 돌아갔다.

그는 이 계약이 선착순이라고 생각했다.

처음 계약했던 장문수가 좋은 조건으로 계약했다는 것은 누가 봐도 뻔했다.

그렇다면 자신은 그다음으로 좋은 계약을 골라야 했다.

이에 뒤에 있던 서기들은 불만을 쏟아 냈다.

"거, 빨리 좀 끝내시게."

"그렇게 계속 계약서만 쳐다보다가 날 새우겠네."

"아, 나도 빨리 배움을 청하고 싶은데……."

그들의 불만 섞인 소리에 한빈이 턱짓했다.

순간 설화와 청화가 옆쪽에 있던 탁자를 들고 왔다.

"잠시만요, 서기 아저씨들!"

설화의 말에 서기들은 잠시 뒤쪽으로 물러났다.

설화가 탁자를 붙여 놓고 손을 탁탁 털었다.

이어서 청화도 나란히 탁자를 붙여 놨다.

소군도 낑낑거리면서 탁자를 들고 와 나란히 붙여 놨다.

네 개의 커다란 탁자가 나란히 놓이자, 한빈이 말했다.

"자, 이제 다들 모이시지요."

한빈이 탁자를 가리켰다.

서기들이 재빨리 탁자를 둘러싸고 계약서를 바라봤다.

한빈의 명이 떨어지면 계약서를 집어 들 표정이었다.

그때 첫 번째로 줄은 선 서기가 억울하다는 듯 말했다.

"그, 그게 무슨 말입니까? 아까는 줄을 서라고 해서 저는 정신없이 달려왔습니다. 그래서 첫 번째 순서였는데……."

서기는 억울하다는 듯 말을 잇지 못하고 입술만 달싹였다.

그의 이름인 조일순.

중급 서기 장문수의 친구였다.

조일순이 가장 먼저 줄을 선 이유는 간단했다.

그가 보기에 장문수는 절대 손해 보는 짓을 하는 자가 아니었다.

뭘 하든 장문수의 뒤를 따라가면 중간 이상은 갔다.

조일순이 보기에 장문수는 천재였다.

그런 그가 향시에 번번이 떨어지는 것을 보고 조일순은 향시에 응시하지도 않았다.

재미있는 것은 이곳 하북팽가에서 서기를 채용할 때는 같이 묻어 들어왔다는 점이었다.

그는 장문수의 옆에 딱 붙어 일하면서 중급 서기까지 올랐다.

관리에 대한 꿈은 있었지만, 조일순은 현실에 만족했다.

하지만 장문수가 움직인 순간, 그는 가만히 있을 수가 없었다.

장문수가 움직이면 따라가야 하는 것이 그의 본능이었다.

그런데 장문수가 아무런 예고도 없이 한빈에게 가르침을 청했다.

여기에서 끝났다면 조일순이 이렇게 당황하지는 않았을 것이다.

상대는 그냥 사제 관계가 아니라 계약을 원했다.

전에 홍칠개와 사제 계약서를 썼다고 했을 때는 그냥 웃고 말았다.

그런데 장문수가 계약서에 서명하자 조일순도 마음이 급해져서 부리나케 뛰어온 것.

장문수 다음으로 좋은 조건을 고르는 것이 중요했다.

그런데 한빈이 순서에 상관없이 서기들을 다 모아 놨으니, 당황하지 않을 수 없었다.

조일순의 표정을 본 한빈이 웃었다.

"순서는 상관없습니다. 모두 모여서 상의하면 결론도 빨리 나올 게 아닙니까?"

"그래도 제가 가장 먼저 왔는데…….”

"가장 먼저 고르게 해 드릴 겁니다. 걱정하지 않아도 됩니다."

"이렇게 같이 모여서 보면 제가 어떻게 가장 조건이 좋은 계약서를 고릅니까?"

조일순이 고개를 갸웃하며 탁자에 놓인 계약서를 가리켰다.

그들의 모습은 멀리서 구경하던 장유중과 유생들의 이목을 끌 만했다.

그들 중 양석봉이 힐끔 최유지를 바라봤다.

"나는 궁금해서 도저히 못 참겠네.”

"나도 궁금하네."

최유지도 전각을 빠져나가려는 듯 주변의 눈치를 봤다.

모든 유생이 마찬가지였다.

사제 계약서라니?

이건 듣도 보도 못한 계약서였다.

한빈이 계약서를 좋아하는 것은 유생 모두가 알고 있었다.

그들은 한빈과 계약서를 한 번쯤은 써 본 이들이었다.

하지만 사제 계약서는 상상도 하지 못했다.

거기에 처음에는 줄을 서라고 하더니 이번에는 모두를 모아 놓고 계약서를 펼쳤다.

당연히 불만이 있을 수밖에 없었다.

그때 장유중이 그들을 쏘아봤다.

"경거망동하지 말아라."

"궁금해서 참을 수가 없었습니다."

양석봉이 작게 고개 숙이며 답했다.

장유중이 수염을 쓸어내리며 물었다.

"뭐가 그리 궁금하더냐? 이건 하북팽가의 일이다. 그러니 너희가 참견할 일이 아니다."

"참견은 하지 않겠습니다. 그냥 구경만 하겠습니다. 저 불만을 잠재우는 과정을 보는 것은 관리로서의 이목을 기를 기회라고 생각합니다."

"허허, 이것 참……."

그때 최유지도 나섰다.

"저도 궁금합니다."

"너도 양 유생과 같은 것이 궁금하더냐?"

"아닙니다. 제가 궁금한 것은 저 계약서의 내용입니다."

"허허."

장유중이 슬며시 웃었다.

진심이 묻어 나오는 웃음이었다. 장유중도 한빈이 가지고 있는 계약서가 궁금하기는 마찬가지였다.

사제 계약서란 것에는 과연 어떤 내용이 적혀 있을까?

팽강위와의 대화를 통해서 전에도 이런 일이 있었다는 것을 방금 들었다.

하지만 계약서의 내용에 대해서는 알아내지 못했다.

장유중이 힐끔 팽강위를 바라봤다.

시선을 느낀 팽강위가 물었다.

"제게 하실 말씀이라도 있으십니까?"

"잠시 저희가 견식해도 되겠습니까? 가주."

"얼마든지요. 제 아이가 조금 별난 곳이 있습니다. 이해해 주시기 바랍니다."

"별나다니요? 저는 특별하다고 생각합니다, 허허."

장유중이 활짝 웃으며 유생들을 향해서 턱짓했다.

허락하겠다는 표시였다.

그 모습에 유생들이 한빈과 서기가 있는 곳으로 조용히 걸음을 옮겼다.

장유중도 수염을 쓸어내리며 발걸음을 뗐다.

물론 다른 이들도 상황은 비슷했다.

팽강위도 저 광경이 궁금하기만 했다.

팽강위가 궁금해하는 것은 저 서기들을 어떻게 다룰까 하는 점이었다.

사실 팽강위는 얼마 전까지만 해도 한빈을 소가주에 놓고 첫째 팽혁빈과 저울질했었다.

하지만 한빈과 독대한 후, 팽강위는 마음을 바꾸었다.

그 이유는 한빈이 가주라는 자리에 관심이 없었기 때문이다.

이후 팽강위는 한빈을 미래의 집법당주로 점찍었다.

팽강위가 물러나고 나면 지금 집법당주인 팽대위도 손을 놓으려 할 것이다.

그때는 집법당주 자리가 공석이 될 수밖에 없었다.

그때 필요한 것이 바로 한빈이었다.

문제는 한빈이 팽대위만큼 가문의 식솔을 장악할 수 있느냐였다.

한빈의 무공은 인정하지만, 가문의 식솔들에게 신임을 얻는 것은 다른 문제였다.

지금 집법당주인 팽대위는 머리보다는 힘으로 가문의 식솔을 아우르고 있었다.

험악한 인상과 어깨에 걸쳐 멘 거도만으로도 집법당주로서의 권위는 충분했다.

하지만 한빈은 달랐다.

누가 봐도 여리게만 보였다. 팽강위가 보기에 한빈은 힘보다는 머리로 가문의 식솔들에게 인정받아야 할 것 같았다.

팽강위는 한빈이 가문의 식솔들을 장악하는 것을 은근히 바라고 있던 참이었다.

그는 이번 일이 한빈이 식솔들의 신임을 얻는 그 전초전이라고 봤다.

모든 것이 우연일까?

우연일 리는 없었다.

팽강위는 지금의 일이 기특하기만 했다.

어떻게 자신의 마음을 알고 저런 상황을 만들었는지는 몰라도, 한빈이 자신의 가려운 곳을 긁어 주는 것이 확실했다.

한빈의 주변은 전보다 웅성거리기 시작했다.

구경꾼들이 몰려들었기 때문이다.

한빈은 그들의 시선에는 아랑곳하지 않고 서기들을 가리키며 말을 이었다.

"서로 논의해서 조건을 검토하다 보면 빠르게 순서가 정해질 거 아닙니까?"

"그런데 순서가 이렇게 섞였는데 어떻게 구분합니까?"

그는 억울하다는 듯 주변을 가리켰다.

그의 말대로 계약을 위해 줄을 섰던 서생들은 모두 어지럽게 섞여 있었다.

그 모습에 한빈이 웃었다.

"제가 기억하고 있으니 걱정하지 않으셔도 됩니다."

"아무리 그래도……."

"배움을 청하겠다는 사람이 스승의 말을 못 믿는다면 과연?"

한빈이 말을 끊었다.

그러고는 눈을 가늘게 떴다. 한빈이 눈을 빛내자 그는 움찔하며 뒤로 물러났다.

한빈의 눈빛에서 단호함을 보았기 때문이다.

다른 서기들도 대화를 멈췄다.

기세를 피워 내지 않았지만, 그에 버금가는 분위기가 서기들을 덮쳤다.

그들의 모습에 한빈이 빙긋 웃으며 턱짓했다.

신호를 받은 설화가 외쳤다.

"지금부터 딱 열 셀 거예요! 그때까지 서명하지 않으시면 제자는 장 서기님만 받고 끝낼 거예요. 하나……."

설화의 또랑또랑한 목소리에 서기들은 깜짝 놀라 붓을 들었다.

쓱쓱.

수많은 붓이 동시에 종이 위를 누볐다.

이것은 본능이었다.

그들은 자신이 가지고 있던 계약서를 확인도 하지 않고 서명한 것이다.

그들이 서명한 계약서 중 한 부를 설화가 정성스럽게 걷어 갔다.

이제 그들의 앞에는 한 부의 계약서만 썰렁하게 남아 있을 뿐이었다.

그때 첫 번째 순서였던 조일순이 고개를 갸웃했다.

그는 뭔가 생각났다는 표정으로 조용히 한빈을 바라봤다.

시선을 느낀 한빈이 웃었다.

"계약서를 썼으니 이제 스승으로서 편하게 말하겠네. 자네는 왜 그렇게 보는가?"

말투가 변했다.

하지만 그 말투는 어느 때보다 자연스러웠다.

조일순은 살짝 고개를 숙이며 말했다.

"제게 첫 번째로 선택할 수 있는 권한을 준다고 하지 않으셨습니까?"

"순서는 분명히 기억하고 있네."

"그게 무슨 말씀입니까?"

"자네가 첫 번째고 그다음은……."

한빈은 아까 줄을 선 서기의 이름을 순서대로 읊어 나갔다.

순간 조일순의 눈이 커졌다.

물론 그들을 구경하고 있던 장유중과 유생들이 눈도 커졌다.

짧은 시간에 모두의 순서를 기억한 것이 신기했다.

그때였다.

서기 하나가 물었다.

"그 순서를 어떻게 증명하십니까?"

"자네의 소매를 보게."

한빈이 서기의 소매를 가리켰다.

조일순도 자신의 소매를 확인했다.

그의 소매에는 일(一)이라는 글자가 선명하게 적혀 있었다.

"어떻게 나도 모르는 사이에……."

서기들은 서로를 바라보며 눈을 크게 떴다.

자신들도 모르는 사이에 소맷자락에 붓으로 순서를 적어 놓다니!

누가 적었는지도 모르는 상황이었다.

사실 한빈이 적은 것은 아니었다.

설화는 어깨를 딱 펴고 한빈을 바라보고 있었다.

누가 봐도 자랑하려는 모습이었다.

한빈은 흐뭇하게 고개를 끄덕였다.

혼란이 수습되자 한빈이 다시 말을 이었다.

"처음부터 순서는 중요하지 않았네."

"그게 무슨 말씀입니까?"

"만류귀종."

한빈은 짧게 한 글자 한 글자에 방점을 찍어 가며 말했다.

조일순이 눈을 동그랗게 뜨고 물었다.

"네?"

"모든 계약서의 뿌리는 하나인 것을 어찌 모르는가? 이 계약서가 첫 번째 수업이네."

"그, 그게 무슨……."

"지금부터라도 자신이 서명한 계약서를 자세히 읽어 보게."

한빈의 말에 조일순은 서명하고 남아 있는 자신의 계약서를 살피기 시작했다.

나머지 서기들도 계약서의 내용을 살폈다.

계약서를 읽어 본 이들은 하나같이 어깨를 가늘게 떨었다.

살다 살다 이렇게 불공정한 계약은 처음 봤다.

제자의 임무만 있고 권한이란 조금도 없었다.

거기에 탈출 금지 조항은 왜 계약서에 있난 말인가?

사실 다른 조항도 사악하긴 했으나 그리 눈길이 가지는 않았다.

그런데 탈출 금지라니!

이건 듣도 보도 못한 조항이었다.

사실 세가의 서기들은 무사들과 달랐다.

무사들이야 가문의 무공을 익혔다는 것 때문에 심심치 않게 무림세가에 발목이 잡히는 예도 있다.

일정 수준 그 가문의 무공을 익힌 무사는 무림세가의 무공을 유출시킬 가능성이 있기 때문이다.

덕분에 일정 직급 이상의 무사는 가주의 허락이 있어야 무림세가에서 나갈 수 있다.

반면 서기들은 무사와 달리 무림세가에서 퇴직이 자유롭다.

퇴직도 자유로운 서기가 탈출할 이유가 뭐가 있단 말인가?

이건 무림세가에서 일하는 것도 아니고 단순히 배움을 청하기 위한 과정이었다.

가르침을 겸허히 받겠다는 약속으로 계약서를 썼을 뿐이다.

그런데 사악한 조항들이 줄기줄기 얽혀 있다니!

여기까지 생각한 조일순은 이마에 땀방울이 송골송골 맺히는 걸 느꼈다.

묘한 감각이 등골을 타고 올라왔다.

마치 전설 속 인면지주가 거미줄로 온몸을 감싸는 것 같은 느낌이 드는 것은 왜일까?

조일순은 일단 마음을 진정시키기로 했다.

그러고는 심호흡한 뒤 다시 다른 서기들을 살폈다.

다른 서기들도 모두 의아한 듯 몇 번이고 계약서를 살폈다.

그냥 의아하다고 생각할 뿐, 조일순만큼 불안해하지는 않는 모양이었다.

서기 중 몇은 탈출 금지 조항을 놓고 피식 웃고 있었다.

"탈출 금지라니?"

"그러게 말이네. 배움을 청하러 온 우리가 왜 탈출을 한단 말인가?"

"그런데 아래 조항은 뭔가?"

"허허, 재미난 조항이 많구먼."

그들은 장난스럽게 계약서를 살폈다.

처음에는 고개를 갸웃하던 서기들이 피식 웃으며 계약서를 가리킨다.

누군가가 웃으며 말을 이었다.

"이건 마치……."

"왜 그러나?"

"자세히 보니 노예 계약서와 다를 바 없는 것 같은데……."

"에이, 착각이겠지. 그렇게 열심히 배우라는 뜻으로 적으셨겠지. 설마 진짜 여기 나와 있는 계약서를 적용하시겠나? 여기가 어딘가?"

"어디긴, 하북팽가지."

"맞네, 맞아. 하북팽가면 강북 정파의 기둥 아닌가?"

"그렇지. 당연한 말을 왜 그렇게 진지하게 하나?"

"그러니 하는 말일세. 하북팽가가 정파이니 이 계약서는 믿어도 된다는 말일세. 설마 이 내용을 모두 지키라고 적으셨겠나? 이걸 전부 지키라고 한다면 사파도 울고 가겠지. 안 그런가?"

"허허, 맞네그려!"

그들은 고개를 끄덕였다.

그러고는 장유중이 있는 곳을 힐끔 봤다.

그들의 시선을 받은 장유중이 고개를 끄덕이자 서기들이

다시 속삭였다.

"저걸 보게. 우리 막내 공자님은 장유중 어르신이 보증하는 사람이네. 우리 믿고 따르세."

"그 말이 맞네. 막내 공자님을 못 믿는 건 하북팽가, 아니 정파 전체에 대한 배신일세."

서기들은 계약서에서 눈을 뗐다.

그들은 계약서를 소중히 접어 품속에 넣었다.

물론 조일순만은 뛰는 가슴을 진정시킬 수 없었다.

자신이 의심이 많은 건지?

다른 서기들이 멍청한 것인지 도통 알 수 없었다.

조일순은 다시 계약서를 살펴봤다.

마지막까지 읽어 본 조일순의 안색은 새파랗게 질렸다.

이건 탈출 불가가 문제가 아니었다.

죽어도 어디에 하소연할 수 없었다.

글공부하다 죽는다는 건은 금시초문.

조일순의 불길함은 배가되었다.

거기에 더해 한빈이 말한 만류귀종이란 말을 그제야 이해했다.

사실상 계약서마다 모든 내용은 똑같았다.

그들이 서명한 계약서는 동일하게 악랄했으니까.

불안감을 느낀 조일순이 두리번거리기 시작했다.

그의 시선이 멈춘 곳은 자신의 친우인 장문수가 있는 쪽이었다.

장문수는 이미 한빈의 사람이 된 듯 설화의 옆에 나란히 서 있었다.

조일순은 자신도 모르게 입 모양으로 물었다.

계약서의 내용을 읽어 봤냐는 말이었다.

친우의 입 모양을 본 장문수가 입 모양으로 답했다.

스승을 안 믿으면 누굴 믿느냐는 답이었다.

조일순은 도저히 이해가 되지 않았다.

순간 조일순은 이 계약에서 벗어나는 것이 살길임을 직감적으로 깨달았다.

이제까지 친우인 장문수의 뒤를 따라 여기까지 왔지만, 지금만은 아니었다.

지금만은 발을 빼야 한다고 본능이 아우성치고 있었다.

조일순은 황급하게 주변을 살폈다.

그의 눈에 들어온 것은 바로 가주 팽강위였다.

조일순은 재빨리 가주 팽강위의 앞에 다가가 미안한 표정을 지었다.

"가주님, 드릴 말씀이 있사옵니다."

"허허, 말해 보게."

팽강위가 다급히 뛰어온 조일순을 보고 고개를 끄덕였다.

조일순은 최대한 고개를 조아렸다.

"송구하오나, 저희 서기가 모두 자리를 비우고 사 공자에게 배움을 청한다면 하북팽가의 문서는 누가 관리하겠습니까?"

이것은 누가 봐도 부정하지 못할 사실이었다.

조일순이 다급하게 떠올린 것은 이곳에 모인 서기의 수가 만만치 않다는 점이었다.

조일순은 한빈과 서기 전체의 계약을 모두 무로 돌릴 생각은 없었다.

그저 자신만이라도 이 상황에서 벗어나고 싶어서 건의했을 뿐이었다.

가주 팽강위도 그의 말이 일리 있다는 듯 고개를 끄덕였다.

"흠."

헛기침한 가주 팽강위가 한빈을 바라봤다.

팽강위가 고개를 돌리자마자 한빈이 포권했다.

"거기에는 대책이 있습니다."

"무슨 대책이냐?"

"적혈맹호대의 대원 중 문서 관리에 능통한 자를 파견하겠습니다. 대신 저와 계약한 서기는 천수장으로 데려가겠습니다."

"오호, 적혈맹호대 대원 중 서기의 업무를 수행할 수 있는 자들이 그렇게 많더냐?"

"물론입니다."

한빈이 고개를 끄덕이자 팽강위는 고개를 갸웃했다.

솔잎으로 쌀밥을 짓는다고 해도 믿을 한빈이었지만, 조금 과장이 심한 것 같았기 때문이다.

팽강위가 의심의 눈초리로 한빈을 바라보자, 설화가 다급하게 달려왔다.

갑자기 달려온 설화를 본 팽강위가 물었다.

"내게 무슨 할 말이라도 있느냐?"

"다른 게 아니라, 제가 공자님한테 글을 배운 게 불과 이 년도 안 됐거든요."

"이 년이라……."

팽강위가 말끝을 흐리며 장유중을 바라봤다.

이 년도 안 됐는데 장유중에게 인정받는 수준의 경지에 도달했다면?

그때 청화도 어느새 나타나 손을 번쩍 들고 말했다.

"저는 일 년밖에 안 됐어요."

청화를 이어 소군도 말했다.

"저는 석 달밖에 안 됐어요. 공자님께 배우면 그 속담대로 될 수 있어요."

"무슨 속담이더냐?"

팽강위가 고개를 갸웃하며 묻자 소군이 말했다.

"서당 개 석 달이면 사서삼경을 읊는다는 속담이요."

"허허, 뭔가 이상하지만, 네 말을 믿으마."

대화가 여기까지 진행되자 서기들은 더욱 눈을 빛냈다.

생각해 보니 설화와 청화의 말이 맞았다.

가문에서 가끔 마주치던 설화와 청화는 백치미가 느껴질 정도로 학문과는 담을 쌓은 아이였다.

그런데 단기간에 유림 서원의 유생들과 문장을 겨룰 정도의 수준이 되었다니, 놀라운 일이었다.

그때 팽강위가 뭔가 생각난 듯 말했다.

"모두에게 할 말이 있다."

"……."

서기들을 비롯한 식솔들은 아무 말 없이 가주 팽강위에게 예를 취했다.

경청하겠다는 뜻이었다.

모두를 확인한 가주 팽강위가 말을 이었다.

"여기 있는 청화는 사천당가의 사람이다. 그리고 설화도 독왕 당무천 어르신의 양손녀이니, 너희가 무례를 범하지 않았으면 한다."

팽강위는 사천당가로부터 온 전서구를 통해서 예전부터 알고 있었다.

하지만 가문 내에 따로 알리지는 않았다.

자연스럽게 모두가 알게 될 사항이라 생각했기 때문이다.

그러나 한빈이 하북팽가에 머물지 않고 바로 떠나는 바람에 청화와 설화의 신분을 아는 식솔들은 드물었다.

하지만 오늘 상황을 보니 누군가 실수할 수 있을지도 모른다는 생각이 들었다.

원로와 각주 들은 이미 알고 있지만, 가문 내의 식솔들은 설화와 청화의 신분을 단순한 시비로 알고 있는 것 같았기 때문이다.

만약 실수라도 한다면?

이것은 가문 내 문제가 아니라, 사천당가와의 문제로 커질 가능성이 있었다.

팽강위의 선언에 갑자기 서기들의 눈빛이 흔들렸다.

몇몇 서기는 뒤로 주춤주춤 물러나기도 했다.

청화와 허물없이 지내던 장문수조차 입을 딱 벌렸다.

그들의 놀라움은 점점 더 퍼져 나갔다.

유생들 역시 놀랄 수밖에 없었다.

그중 양석봉은 관자놀이를 지그시 누르며 그동안 있었던 일들을 돌이켜 봤다.

최유지나 홍금호도 마찬가지였다.

나머지 유생들도 설화나 청화와 있었던 그동안의 일들을 떠올렸다.

그것도 잠시, 유생 모두는 지진이라도 난 것처럼 어깨를 떨었다.

착각이 아니라 누가 봐도 떨고 있는 모습이었다.

유생들 대부분이 무림 문파를 두려워하지는 않는다.

관무불가침이라는 암묵적인 규칙 때문이다.

하지만 사천당가라면 다르다.

아무도 모르게 시름시름 앓다가 관 속에 들어가게 만들 수도 있는 것이 바로 사천당가였으니까.

가장 떨고 있는 것은 다름 아닌 한빈과 가장 우호적인 관계를 맺고 있는 양석봉이었다.

한빈과 가장 먼저 만난 데다 자신의 호위를 설화와 대결하도록 만들기까지 했다.

거기에 여태껏 한빈의 시비라고 생각하고 스스럼없이 말했다.

양석봉은 가문을 떠나오기 전에 그의 아비에게 한 가지 당부를 받았다.

절대 사천당가와는 엮이지 말라는 것이었다.

그런데 사천당가와 엮인 것도 모자라 아무것도 모르고 설화와 청화를 무시하기까지 했다.

양석봉은 자신의 심장과 배를 만져 봤다.

혹시라도 중독 증상이 있나 확인하기 위해서였다.

물론 그런 행동은 양석봉만이 한 것은 아니었다.

유생 모두가 두려움 속에 기억을 더듬었다.

그들의 모습을 팽강위가 눈치 못 챌 리 없었다.

팽강위가 고개를 갸웃하며 장유중을 바라봤다.

"유생들의 표정이 이상합니다."

"허허, 날씨가 추워서 그런 것 같으니 가주님은 신경 안 쓰

셔도 됩니다. 이 정도 추위에 떤다면 어찌 글을 공부하는 사
내대장부라 할 수 있겠습니까?"

장유중의 말에 팽강위가 활짝 웃었다.

"역시 문이나 무나 교육 방침은 비슷한 것 같습니다. 이제
구경은 끝난 것 같으니, 들어가셔서 준비된 음식을 즐기시
지요."

"좋습니다, 가주."

장유중이 활짝 웃으며 안으로 들어갔다.

이제 남은 것은 한빈 일행과 서기들밖에 없었다.

조일순을 제외한다면 그들은 하나같이 눈을 빛내고 있었
다.

사천당가의 직계가 한빈의 옆에 있다고 생각하자 그들의
믿음은 더욱 커졌다.

그때 조일순이 한빈에게 다가와 포권했다.

"공자님, 드릴 말씀이 있습니다. 아무래도 저는 계약서를
물려야 할 것 같습니다. 이곳의 일을 내팽개치고 천수장에서
학문을 공부한다는 게 왠지 마음이 꺼려집니다."

"하하, 우리 조 서기는 항상 정직해서 마음에 들어. 책임감
문제라면 신경 쓰지 않아도 돼. 그냥 파견이라고 생각하고
편히 오면 된다네."

한빈은 사람 좋은 얼굴로 답했다.

그 미소에 조일순은 주춤 뒤로 물러났다.

한빈이 말을 마침과 동시에 전음을 보내왔기 때문이다.

그 말을 마지막으로 한빈은 연회가 열리는 전각 안으로 자리를 옮겼다.

서기들도 계약서를 소중히 품에 안고 전각 안으로 들어갔다.

오직 조일순만이 새파랗게 질린 얼굴로 자리에 석상이 된 것처럼 서 있었다.

모두가 전각 안으로 자리를 옮긴 상황.

전각 안으로 들어가려던 장문수는 허전함을 느꼈다.

친우인 조일순이 보이지 않았기 때문이다.

장문수는 본능적으로 밖을 바라봤다.

그곳에는 조일순이 석상처럼 서 있었다.

거대한 호롱불이 보름달처럼 비추고는 있지만, 혼자 남아 멍하니 서 있는 모습은 아무리 생각해도 이해되지 않았다.

장문수는 재빨리 친우에게 뛰어갔다.

"대체 자네는 아까부터 왜 그러는가?"

"……."

조일순은 넋이 나간 것처럼 아무 대답도 하지 않았다.

의문이 점점 쌓여 가던 장문수는 참지 못하겠다는 듯 그의 옆구리를 찔렀다.

푹.

조금 강하게 찔렀지만, 반응은 미미했다.

　미간을 좁힌 장문수가 할 수 없다는 표정으로 친우의 옆구리를 꼬집었다.

　그제야 조용히 고개를 들었다.

　넋이 나간 듯 고개만 들어 올린 조일순의 모습에, 장문수가 한숨을 내쉬었다.

　"휴……."

　장문수가 보기에 아까부터 그의 행동이 이상했다.

　모두가 희열에 떨며 사제 계약서에 흥분하고 있을 때, 오직 조일순만이 떨떠름한 표정을 짓고 있었다.

　거기에 더해 지금은 아예 점혈이라도 당한 것처럼 저러고 있다니!

　도무지 이해가 안 되었다.

　마치 주화입마에라도 든 것처럼 보였다.

　그때 조일순이 천천히 입술을 뗐다.

　"……공자님께서 내게 전음을 보내왔네."

　"전음이라고? 대체 뭐라고 하셨는가?"

　"낙장불입(落張不入)이라고 하셨네!"

　"낙장불입이라……."

　장문수가 눈을 크게 떴다.

　낙장불입이라는 말은 아무리 생각해도 해석이 안 되었기 때문이다.

순간 장문수는 눈을 가늘게 떴다.

이제야 조일순의 상태가 이해가 갔다.

조일순은 분명히 학문적 깨달음이 될 화두를 받은 것이 분명했다.

화두란 무엇인가?

수행을 위해 실마리가 될 단어를 던지는 것이다.

물론 이 방법은 불교나 도교뿐 아니라 학문적 수행에서도 중요하다.

낙장불입이란 말을 깨닫게 된다면?

무림인들이 말하는 환골탈태를 이루게 될 수도 있었다.

물론 여기서 말하는 환골탈태란 학문적인 뼈대가 바뀌는 것을 의미했다.

그런 화두를 받았으니 친우인 조일순이 끝없는 사색에 잠기는 것은 당연했다.

"허허, 어찌 자네에게만 화두를 주셨다는 말인가? 막내 공자님, 아니 스승께서 자네를 어여삐 여기시나 보군."

"……그게 무슨 말인가?"

"아니네. 자네의 사색을 방해해서 미안하네. 그리고 알려줘서 고맙네. 내 안에 들어가서 이 말을 조용히 전하겠네."

장문수는 흥분한 얼굴로 전각 안으로 들어갔다.

멀어져 가는 장문수의 모습에, 조일순은 번뜩 정신이 들었다.

정신 차린 조일순은 고개를 갸웃했다.

모두가 즐거워하는 가운데, 자신만이 두려움이 떨고 있다는 것은 잘못된 것 같았다.

그는 낙장불입을 한번 맺은 계약은 무를 수 없다는 뜻으로 해석하고 두려움에 떨었다.

그런데 다시 생각해 보니 장문수의 말대로 깨달음을 위한 화두일 수도 있었다.

이틀 후.

한빈 일행은 다시 천수장이 있는 마을에 도착했다.

장유중을 비롯한 유생 무리도 한빈을 따라 이곳에 왔다.

물론 한빈과 계약을 맺은 파견 서기들도 왔다.

마을 어귀에 들어선 서기들은 눈을 크게 떴다.

그들이 기억하던 마을이 아니었기 때문이다.

서기들은 마을에 들어서면서 웅성거리기 시작했다.

장문수가 눈을 동그랗게 뜨며 주변을 가리켰다.

"이 마을이 이렇게 번성했던가?"

"그러게 말이네……."

조일순도 황당하다는 표정으로 마을을 둘러봤다.

아무리 생각해도 이곳이 이렇게 변할 수는 없었다.

조일순도 이 마을에 대해서는 잘 알고 있었다.

작물도 자라지 못하는 토양 때문에 이곳은 죽음의 땅이라 불리기도 했다.

이곳에는 관리조차 배치되지 않은 상황.

그런데 지금은 생기가 돌고 있다. 아니 생기가 도는 정도가 아니었다.

마을 어귀부터 시작해서 점포들이 쭉 늘어서 있으며 사람들이 저잣거리를 가득 채우고 있었다.

거기에 사람들의 얼굴도 보기 좋아 보였다.

사람들은 가게 앞에서 밝은 얼굴로 물건값을 흥정하고 있었다.

흥정하는 주민이나 가게 주인 모두 차림새가 말끔한 것이, 경제가 제법 자리 잡혔음을 짐작게 했다.

서기들이 한빈의 뒤를 따라 걷고 있을 때였다.

흥정하던 마을 사람과 가게 주인 들이 일제히 시선을 돌렸다.

순간 서기들은 발길을 멈춰야 했다.

주민들의 눈빛이 심상치 않았기 때문이다.

마치 어두운 밤에 달빛을 받은 짐승의 눈처럼 번뜩이며 한빈 일행을 바라보고 있었다.

한마디로 광기가 가득 찬 눈빛이었다.

서기들은 움찔했다.

그도 그럴 것이, 미친 듯 눈을 번뜩이는 주민들이 천천히 발길을 옮기고 있었기 때문이다.

　그것도 잠시, 주민들이 갑자기 한빈 쪽으로 다가오기 시작했다.

　타다닥.

　한두 명도 아니고 가게 주인까지 모두 한빈을 향해 걸어오고 있었다.

　눈빛은 광신도.

　걸음걸이는 좀비 같은 느낌이었다.

　그 모습에 서기들이 기겁했다.

　그중 조일순이 소리쳤다.

　"일단 자리를 피하게!"

　"그, 그러는 게 좋겠군."

　다른 서기도 움찔하며 뒤로 물러났다.

　그러는 동안에도 주민들은 점점 가까이 다가왔다.

　잠시 상황을 지켜보느라 남아 있던 서기들도 일제히 뒤로 물러났다.

　인원은 더욱 늘어났다.

　뒤쪽에서는 희뿌연 먼지가 피어오를 정도였다.

　조일순은 여태 하북에 살면서 이런 광경은 처음 보았다.

　가장 궁금한 것은 무슨 원한이기에 이렇게 광기 어린 눈빛으로 다가오느냐였다.

"대체 막내 공자님은 저들과 무슨 원한을⋯⋯."

조일순은 말을 맺지 못했다

먼지를 피워 내며 걸어오는 자들 사이에 조그만 신형 하나가 툭 튀어나왔기 때문이다.

체구로 봐서는 아이가 분명했다.

그 아이의 손에는 뾰족한 물건이 들려 있었다.

열 걸음 정도 떨어진 곳에서 그 모습을 보고 있던 조일순이 외쳤다.

"자객이다!"

그 외침과 동시에 설화가 앞으로 뛰어나갔다.

설화가 바라본 곳은 조그만 아이가 아니라 조일순 쪽이었다.

"자객이 어디 있어요?"

"저, 저기⋯⋯. 네 앞에⋯⋯."

떨리는 목소리로 아이를 가리키는 조일순에게 설화는 시선을 뗐다.

그러고는 황당하다는 듯 아이를 바라봤다.

아이는 소군보다도 어려 보였다.

아기자기한 조그만 얼굴에 양 갈래 머리를 한 여자아이였다.

설화가 어깨를 으쓱하며 입을 열었다.

"저 아저씨가 너보고 자객이라는데?"

"제, 제가요?"

여자아이가 당황한 듯 검지로 자신을 가리키자 설화가 답했다.

"오해 맞지? 그런데 손에 들고 있는 건 나한테 주려고 가져온 거야?"

"네, 언니한테 주려고 가져왔어요."

여자아이는 손에 든 당과를 내밀다가 멈췄다.

"왜? 나 주려고 가져왔다면서?"

"그런데, 먼지가 묻어서⋯⋯."

"괜찮아, 그냥 줘."

설화가 당과를 받아 들고는 아이의 머리를 쓰다듬었다.

아이는 활짝 웃으며 주민들의 틈으로 들어갔다.

그때였다.

다가온 주민들이 한빈을 향해 고개를 숙였다.

촌장으로 보이는 나이 든 주민이 앞으로 나오더니 이번에는 포권지례를 올렸다.

무림인이 아닌데도 무림의 예를 취한 것.

한빈을 따라 같이 온 유생과 서기들은 지금의 상황이 이해되지 않았다.

그들이 눈을 크게 뜨고 있을 때였다.

촌장이 말했다.

"장주님! 어째서 지금에서야 오십니까?"

"혹시 무슨 일이라도 있었습니까? 촌장."

"그, 그게 아니라, 마을 사람들이 모두 장주님을 보고 싶다고 해서……."

촌장이 뒤를 돌아보자, 모두가 고개를 끄덕이며 눈을 빛내고 있었다.

그 말에 한빈이 포근한 미소를 지으며 말을 이었다.

"하하, 제가 뭐라고 그렇게 신경을 쓰십니까?"

"아, 아닙니다. 장주님, 아니 신의님이야말로 저희의 은인이십니다."

"손님이 같이 오는 바람에 이야기는 다음에 나눠야 할 것 같습니다."

"허허, 제가 주책을 부렸군요. 죄송합니다, 장주님."

촌장은 허리를 숙이고 뒤로 물러났다.

그들이 물러나자 한빈은 아무렇지 않게 손짓했다.

"이제 얼마 남지 않았으니 조금만 힘을 내지요. 다들 다시 출발하시죠!"

한빈이 유생들에게 외치자 다시 행렬이 움직였다.

뒤쪽에서 모든 광경을 바라보던 조일순은 그제야 자신이 착각했음을 깨달았다.

광기에 가득 차 있다고 생각했던 눈빛은 존경의 시선이었다.

자객이라 생각했던 아이는 평범한 여자아이였고 말이다.

설화와 아이의 대화를 들어 보면 쥐구멍에라도 숨고 싶었다.

아이를 설화를 무척 따르는 것이 분명했다.

설화가 너무 좋은 나머지 자기가 먹던 먼지 묻은 당과까지 내민 것을 조일순은 암습이라 생각했던 것.

머리를 감싸 쥐고 있는 조일순의 등을 장문수가 토닥였다.

"자네는 믿음이 부족하군."

"아, 부끄럽네. 그런데 자네도 놀라지 않았나?"

"사람들이 저리 몰려오는데 놀라지 않고 어찌 배기나? 그래도 막내 공자님에 대한 믿음은 굳건했네."

장문수의 말이 끝나자 나머지 서기들도 조일순을 타박했다.

"허허, 이 정도로 마을 사람들에게 신망을 얻은 공자님이 있던가?"

"암, 없지, 없어! 십대세가의 어떤 공자도 이런 신망을 마을 사람들에게 얻었다는 것은 들어 보지 못했네."

"역시 우리의 선택이 옳았어."

그들은 입에 침이 마르도록 한빈을 칭찬했다.

그 칭찬은 일각이 넘게 이어졌다.

이제는 저잣거리를 완전히 지나쳤다.

앞쪽으로는 잘 관리된 길이 일자로 쭉 뻗어 있었다.

뒤쪽에서 터벅터벅 걸어가던 조일순이 조심스럽게 장문수

를 바라봤다.

"그런데 우리는 어디로 가는 건가?"

"우리 공자님이 이곳에 따로 마련하신 거처의 이름이 천수장이라고 들었네."

"그런데 이 길을 지나가면 저 위쪽에는 귀곡장이 있지 않았나?"

"귀곡장이라……. 들어 보긴 했군."

"밤만 되면 귀곡성을 토해 낸다는 장원 말이네. 요즘 들어서 소식이 뜸하긴 한데……."

조일순은 말끝을 흐렸다.

한빈이 향하는 곳은 분명히 귀곡장이 맞았기 때문이다.

이쯤 되자 조일순의 머릿속에 의심이 싹트기 시작했다.

"천수장과 귀곡장이 같은 곳은 아니겠지?"

"설마……."

장문수가 고개를 갸웃할 때, 앞쪽에서 무사들의 발소리가 들려왔다.

터벅터벅.

내공이 실린 발소리에 모든 서기뿐 아니라 유생들도 고개를 돌렸다.

복장으로 봐서는 분명 적혈맹호대였다.

순간 장유중이 감탄했다.

"대단하군, 대단해."

"왜 그렇게 놀라십니까?"

장유중의 옆에 있던 양석봉이 조심스럽게 물었다.

그 물음에 장유중이 눈을 빛냈다.

"저들이 가장 놀라운 것은 십여 명의 발소리가 마치 한 명의 발소리처럼 들린다는 점이네. 금의위나 황군에게도 보기 어려운 군기네."

"아, 그렇군요. 가르침에 감사드립니다."

그들의 대화에 다른 유생들도 입을 벌렸다.

장유중의 말대로였다.

황군이라면 모르겠지만, 일개 무림세가의 무력대에서 이건 불가능한 일이었다.

무림인들은 보통 자유를 추구하기 마련이었다.

거기에 같은 조직에 있더라도 무공의 수준이 천차만별이었다.

이렇게 똑같이 걸음을 맞춘다는 것은 누군가를 향한 완벽한 신뢰라고 할 수밖에 없었다.

유생들은 한빈을 조용히 바라봤다.

적혈맹호대는 한빈과 장유중 일행을 호위해서 천수장 앞까지 안내했다.

기강 잡힌 적혈맹호대의 모습은 서기들을 살짝 주눅 들게 만들었다.

세가 내에서 보던 적혈맹호대의 모습과는 차원이 달랐다.

각 잡힌 분위기에 서기들은 자신들도 모르게 대화를 멈췄다.

천수장의 앞에 도착하자 적혈맹호대의 무사 하나가 앞으로 나오더니 뿔피리를 불었다.

뿌우!

뿔피리 소리에 거대한 천수장의 정문이 열렸다.

드드득.

육중한 소리를 내며 천수장의 문이 활짝 열리자 장유중은 호기심에 눈을 빛냈다.

그의 반응과는 다르게 나머지 유생과 서기 들은 마른침을 삼켰다.

천수장의 정문이 성문처럼 거대하게 느껴졌던 것이다.

그도 그럴 것이 문 너머로 흘러나오는 기세가 만만치 않았다.

천하 십대세가라고 하는 하북팽가에서 느꼈던 분위기보다도 더욱 강렬했다.

누가 나올지 상상도 되지 않았다.

저런 강렬한 기세를 내뿜는 자라면 천하 백대고수의 경지에 이른 고수에 속하는 무인임이 틀림없기 때문이다.

장유중은 그 고수가 누굴까 생각해 봤다.

그는 지금 문 너머에 있는 것이 한빈의 무공 스승인 홍칠개라 확신하고 있었다.

홍칠개의 괴팍한 성격은 관리들 사이에서도 유명했지만, 그의 옳곧음은 학문을 정진하는 자들에게도 귀감이 되었다.

그렇지 않아도 궁금했는데, 한빈을 만난 후 그 호기심은 더욱 커졌다.

분명 한빈의 성품에 영향을 끼쳤을 것이다.

천재 유생이라고 불려도 손색이 없을 한빈을 키워 내는 데 일조했다는 말이었다.

물론 다른 이들은 다른 의미로 긴장하고 있었다.

유생들이나 서기들은 사실 무림인들이 두려웠다.

거기에 이 정도의 기세를 피워 내는 무림인이라면 치가 떨릴 정도로 싫었다.

말보다 주먹이나 검이 먼저 나오는 상황은 책을 가까이하던 서기들의 처지에서는 적응하기 쉽지 않았다.

서기들이 한껏 긴장하고 있을 때였다.

열린 문틈으로 까무잡잡한 여인이 달려 나왔다.

"주군!"

여인은 마치 헤어졌던 가족이라도 본 듯 기쁨을 감추지 못했다.

그녀의 외침에 한빈이 웃었다.

"심 부대주, 잘 있었어?"

"네, 그럼요. 참 보고드릴 것이 있어요. 주군."

달려온 여인은 다름 아닌 적혈맹호대의 부대주인 심미호

였다.

순간 서기들은 안도의 한숨을 내쉬었다.

하북팽가 소속의 무사들만큼은 서기들도 두렵지 않았다.

무림인이 예의가 없다고는 하지만, 똑같이 하북팽가의 밥을 먹는 처지였다.

하북팽가의 가칙을 지켜야 한다는 말이었다.

거기에 심미호는 차갑기는 해도 하북팽가 내에서 사고를 일으킨 적은 없었다.

심미호를 바라보던 서기 장문수는 입을 크게 벌렸다.

문 뒤에서 절정의 고수에 버금가는 기세를 뿜어내던 무인이 바로 심미호라는 것을 깨달았기 때문이다.

근래 들어 적혈맹호대가 공을 세우긴 했지만, 심미호가 절정 고수에 버금가는 무위를 지녔으리라는 것은 상상도 못했다.

일류, 그중에서도 중급 정도의 무위를 지녔던 심미호가 절정에 이르렀다는 것은 기연이 없고서는 불가능한 일.

장문수는 이를 악물었다.

그는 죽어도 한빈의 옆에서 그 기연을 쟁취할 것이라는 결심을 굳혔다.

물론 다른 서기들의 생각도 비슷했다.

무공이 되었든 학문이 되었든 한빈을 최고의 스승이라고 생각하고 있었다.

서기들의 결의에 찬 눈빛에도 한빈은 아무 말 없이 심미호를 바라봤다.

　"보고라……. 그럼 편하게 말해 봐, 심 부대주."

　한빈 특유의 허물 없는 말투에 심미호가 활짝 웃으며 입을 열었다.

　"주군께서 부탁해 놓으라고 한 지시를 한 치의 오차도 없이 준비해 놨어요."

　"역시 심 부대주는 빨라서 좋아."

　한빈이 기분 좋은 표정으로 손뼉을 치자 심미호가 말을 이었다.

　"음식도 준비해 놓고 싱싱한 놈으로 풀어놨으니 염려하지 마세요."

　심미호가 자신 있다는 듯 어깨를 쫙 폈다.

　자신 있는 심미호의 모습에 한빈이 웃었다.

　한빈의 웃음은 조용히 퍼져 나갔다.

　장유중도 웃었고 유생들도 말없이 웃었다.

　그 모습을 본 서기들은 안도했다.

　장문수와 조일순은 서로를 보며 고개를 끄덕였다.

　그중 조일순은 고개를 돌리며 안도의 한숨을 쉬었다.

　이곳에 오면서 막내 공자 한빈에 대해서 얼마나 많은 의심을 하였던가?

　그 의심이 지금은 눈이 녹듯 사라졌다.

노예 계약서에 가까운 사제 계약서에 대한 의구심 따위는 훌훌 털어 버릴 수가 있었다.

그도 그럴 것이, 눈치를 보니 자신들을 위해 음식도 준비해 놨다고 한다.

거기에 싱싱한 놈으로 들여놨다고 하니, 머릿속에는 지글지글 익는 고기가 떠올랐다.

그는 조용히 한빈을 향해 고개를 숙였다.

지금까지 의심한 자신이 부끄러울 뿐이었다.

이제 하북팽가에서 허락된 시간 동안 이곳에서 편하게 학문에 열중할 수 있을 것 같았다.

그때 한빈이 서기들을 불렀다.

"다들 이쪽으로 오게."

한빈의 지시에 서기들이 우르르 나왔다.

그들은 기대감 가득한 눈을 빛냈다.

비록 병사는 아니지만, 어느 정도 군기도 들어 있는 듯 보였다.

한빈은 그들의 바라보며 사람 좋은 얼굴로 미소 지었다.

한빈과 서기들 사이에는 봄날 꽃향기보다 더 진한 웃음이 흘러나왔다.

잠시 시선을 교환한 한빈이 조일순을 바라봤다.

어쩌다 보니 조일순이 서기들의 대표가 된 상황.

"참, 소개부터 해 줘야지. 여기 있는 심미호 부대주는 잘 알지?"

"네, 물론 알고 있습니다."

"그래, 잘 안다니까 다행이군. 오늘부터 임시 교관이 되어 줄 심미호 부대주이니 다들 인사 나누게."

"교, 교관이라니요?"

조일순이 눈을 크게 뜨자 한빈이 말했다.

"참, 교관은 한 명이 아니니 안심하게."

"아."

조일순이 탄성을 흘릴 때였다. 정문 쪽에서 무사 두 명이 뛰어왔다.

그들은 마치 표범처럼 날랜 동작으로 한빈의 앞에 섰다.

"주군, 오셨습니까?"

"준비 때문에 조금 늦었습니다."

두 명의 무사는 머리가 땅에 닿을 정도로 한빈을 향해 포권했다.

마흔은 족히 넘어 보이는 무사와 스물도 안 되어 보이는 무사가 같이 나란히 서서 한빈에게 예를 취하고 있었다.

한빈은 그들의 어깨를 다독였다.

"장삼, 조호! 그만 고개를 들지? 이건 너무 예가 과하잖아."

한빈이 그들을 보며 씩 웃었다.

장삼이 주름진 입가를 살짝 올린 채 말없이 다시 고개를 숙였다.

조호는 어색하게 웃으며 뒷머리를 긁적였다.

"주군을 오랜만에 봤으니 그렇죠. 진짜 보고 싶었습니다."

주인과 수하의 깍듯한 관계지만, 그들의 모습은 마치 가족 같았다.

그 모습에 유생들과 서기들이 감복한 듯 고개를 끄덕인 것은 당연한 일이었다.

심미호는 재빨리 한빈의 옆에 붙었고 장삼과 조호가 앞장섰다.

그들이 향한 곳은 천수장의 뒷산이었다.

천수장의 내부는 아무도 없는 것처럼 고요했다.

가끔씩 수풀 사이에서 흘러나오는 풀벌레 소리와 나무 위에서 들리는 산새 소리만이 아니라면 시간이 멈춰 있다고 느낄 정도로 고요했다.

뒷산의 입구 쪽에 다다르자 그곳에는 여러 개의 상자가 놓여 있었다.

상자는 각각 청색과 적색이 반반이었다.

그 상자를 보던 사람들은 고개를 끄덕였다.

상자 때문에 내용물이 보이지는 않았지만, 흘러나오는 냄새 덕분에 내용물을 예측할 수 있었다.

그 상자는 심미호가 말했던 음식이 분명했다.

흘러나오는 향기로 인해 사람들은 한빈이 산해진미를 준

비했다는 것을 알 수 있었다.

적혈맹호대 대원들은 모두 상자 하나씩을 짊어졌다.

꽤 커다랗게 보이는 상자였지만, 그들은 아무렇지 않게 산에 올랐다.

터벅터벅.

마치 군대가 행군하는 것처럼 그들의 발소리가 산자락에 울렸다.

이렇게 발소리가 커진 것은 그들이 지쳤다는 증거였다.

천수장의 뒷산이 그리 높지 않다지만, 평생 글과 씨름하던 유생과 서기에게는 조금 벅찼다.

그들이 헐떡거리며 산에 오르자 절벽 하나가 나타났다.

그 절벽 아래에서 한빈이 말했다.

"잠시 여기서 쉬어 가시죠."

"허허, 그게 좋겠군."

장유중이 허허롭게 웃으며 주변을 둘러봤다.

한참을 둘러보던 장유중이 고개를 갸웃했다.

"저건 대체 무엇인가? 팽 유생."

장유중이 가리킨 곳은 절벽의 중간이었다.

장유중이 이상하게 생각하는 것은 절벽 중간에 현판이 있다는 점이었다.

거기에 더해 그 현판에 적힌 필체가 너무 익숙했다.

아무리 봐도 한빈의 필체였다.

마지막으로 현판의 이름이 이해가 되지 않았다.

현판에는 분명 '사신대'라 적혀 있었다.

뱀을 나타내는 사(蛇)와 몸을 나타내는 신(身)으로 이루어진 글자였다.

그가 고개를 갸웃하자 한빈이 말을 이었다.

"저기는 수련을 위한 장소입니다."

"수련하는 장소라……."

장유중은 더는 묻지 않았다.

그 수련이 무엇인지 묻는 것은 예의가 아니라는 것을 알고 있기 때문이었다.

하지만 등짐을 짊어진 무사들의 표정이 환하게 변하는 것을 보고는 의문이 쌓여 갔다.

적혈맹호대라고 소개한 무인들 모두 사신대라는 현판을 바라보고는 입꼬리를 올리며 웃고 있었다.

물론 소리는 내지 않았다.

그들은 의미심장한 눈빛을 주고받을 뿐이었다.

장유중을 제외한 다른 유생들은 전혀 눈치를 못 채고 있다.

아마도 숨이 가빠 다른 이의 표정까지 살필 여력이 되지 않는 듯 보였다.

장유중은 사실 음식보다 저 위에서 한빈이 어떤 놀라운 행동을 보여 줄지가 궁금했다.

장유중이 한빈을 천재 유생이라 판단한 이유가 학문의 성취만은 아니었다.

　사물을 바라보는 관점이 달랐다.

　거기에 문제가 앞에 놓이면 해결하는 방법이 달랐다.

　장유중이 가장 궁금한 것은 두 가지였다.

　한빈은 이곳에 오면서 장유중의 동생이 남긴 흔적을 찾아 주겠다고 약속했다.

　물론 그것만으로 이곳에 동행하게 된 것은 아니었다.

　저 서기들을 어떻게 교육할 것이냐가 가장 궁금했다.

　장유중은 그 문제로 한빈과 내기까지 했다.

　내기에서 진 자가 승자에게 한 가지 소원을 들어주기로 한 것이다.

　장유중은 이번 내기만큼은 자신 있었다.

　천재를 왜 천재라고 하는가?

　말 그대로 하늘이 내린 인재이기 때문이다.

　서기들이 향시를 포기하고 무림세가에 몸을 담은 것은 그 정도의 그릇밖에 안 되기 때문이다.

　그런데 한빈은 딱 한 달 만에 서기들을 향시에 붙을 정도의 실력까지 올려놓기로 했다.

　장유중의 미소가 점점 진해질 때였다.

　한빈이 멈췄다.

　그들이 도착한 곳에는 커다란 정자가 자리 잡고 있었다.

장유중 일행이 식사하기에 충분한 공간이었다.

한빈이 눈짓하자 적혈맹호대는 번개처럼 움직였다.

상자를 열자 그곳에는 예상한 대로 산해진미가 쌓여 있었다.

눈 깜짝할 사이에 정자에 상을 차렸다.

상을 모두 차리고도 상자는 반 정도가 남았다.

재미있는 것은 적혈맹호대가 열어서 음식을 차리는 데 쓴 상자는 모두 청색이라는 점이다.

이제 남은 상자는 적색만 남았다.

한빈은 아무렇지 않게 손가락을 튕겼다.

딱.

그 소리에 적혈맹호대가 남은 적색 상자를 메고 뛰어 내려갔다.

눈 깜짝할 사이에 적색 상자를 멘 강호인이 사라지자 장유중이 물었다.

"대체 저 상자에는 무엇이 들었는가?"

"저들의 마음을 단단하게 만들어 줄 물건입니다. 학장님은 저하고 내기를 하셨죠?"

"그랬지."

"저들의 마음을 단단하게 만들 수 있다면 그 내기는 제가 이길 겁니다. 제일 중요한 건 내면이 아니겠습니까?"

"하하, 외유내강이란 말이군. 하지만 실망은 하지 말게."

장유중이 한빈을 보며 웃었다.

이 말은 진심이었다.

타고난 그릇은 바뀔 수가 없었다.

이것은 유림 서원에서 수재들을 가르치면서 터득한 깨달음이었다.

장유중은 자리에서 사라진 적혈맹호대의 무사들을 바라봤다.

마음을 단단하게 만들어 줄 물건이라니?

그것이 무엇인지 궁금할 뿐이다.

천수장에서의 내기

호기심에 눈을 빛내던 장유중이 표정을 바꾸었다.

그는 한빈을 바라보며 의미심장한 웃음을 지었다.

이번 내기가 끝나고 얻을 보상 때문에 음식을 안 먹어도 배가 부를 정도였다.

그가 이렇게 설레하는 이유는 무엇일까?

그가 이긴다면 한빈에게 요청할 것은 딱 하나였다.

바로 한빈을 그의 후계자로 삼는 것이었다.

한빈을 후계자로 삼을 수만 있다면, 이 나라의 기둥을 엿가락 뽑아내듯 만들 수 있을 것이었다.

그때 그들의 앞에 심미호가 다시 나타났다.

심미호가 절벽 쪽을 가리켰다.

"주군, 교육 준비가 다 끝났어요. 어떻게, 지금부터 실시할까요?"

"실시."

한빈이 아무렇지 않게 답했다.

"네, 알았어요. 주군."

심미호는 입가에 미소를 피우며 서기들의 앞으로 다가갔다.

심미호는 서기들을 보며 손뼉을 쳤다.

짝!

내공이 담긴 소리에 서기들이 바싹 긴장했다.

그들의 앞으로 다가간 심미호가 말을 이었다.

"지금부터 받을 교육은 천수장의 일원이라면 누구나 거쳐야 할 관문이에요."

"……."

"여기에 오시기 전 계약서를 작성하신 것으로 알고 있어요. 맞죠?"

"네, 맞습니다."

서기 대표인 조일순이 고개를 끄덕이자 심미호가 진득한 미소를 지었다.

"그 계약서 말이에요……."

심미호가 말끝을 흐리며 조일순을 바라봤다.

그 미소에 조일순은 자신도 모르게 주눅 들었다.

"계, 계약서에 문제라도 있는 겁니까?"

"저희도 이곳에 왔을 때 작성한 계약서예요. 저희는 무공을 얻었지만, 여러분들은 학문에서 성취하시길 바라요. 각오는 됐겠죠?"

"네. 각오는 돼 있습니다."

조일순은 이를 악물었다.

이것은 진심이었다. 심미호와 적혈맹호대가 이류 무사에서 절정의 무인이 된 것처럼 자신도 변하고 싶었다.

물론 살짝 의심이 들기도 했다.

적혈맹호대가 쓴 계약서와 자신이 쓴 계약서가 같다는 점에서 알 수 없는 불안감이 들기도 했다.

그때 심미호가 손뼉을 쳤다.

짝.

동시에 서기들의 주변에 적혈맹호대의 무사들이 나타났다.

장삼과 조호를 비롯한 적혈맹호대 무사들이 사람 좋은 얼굴로 서기들의 뒤편에 섰다.

순간 심미호가 외쳤다.

"출발!"

그 지시에 적혈맹호대 무사들이 그들의 소매를 잡고 절벽쪽으로 이동했다.

갑작스러운 상황에 서기들이 입을 열었다.

그때였다.

적혈맹호대 무사들의 손이 민첩하게 움직였다.

픽. 픽.

허공을 가르는 날카로운 소리와 함께 서기들의 눈이 커졌다.

적혈맹호대 무사들이 그들의 아혈을 제압한 것이다.

아혈을 제압당한 서기들이 비명을 지르지 못하는 것은 당연한 일이었다.

서기들은 힘없이 절벽 쪽으로 끌려갈 수밖에 없었다.

물론 멀리서 보고 있던 장유중은 이 상황을 알지 못했다.

그저 조용히 서기들이 적혈맹호대의 무사들을 뒤따르는 것처럼 보였다.

한빈은 아무렇지 않게 장유중에게 술잔을 건넸다.

"일단 한 잔 받으시죠."

"허허, 그럴까나……."

장유중이 만면에 미소를 머금고 호리병을 들었다.

호리병에 든 죽엽청이 시냇물 소리를 내며 졸졸 흘러내렸다.

한빈과 장유중 그리고 유생들이 앉아 있는 정자는 마치 신선들이 와도 이상하지 않을 만큼 여유가 있었다.

한참 동안 술을 즐기던 중 양석봉이 한빈에게 다가왔다.

눈빛에는 호기심이 한가득이었다.

양석봉은 조심스럽게 한빈의 소매를 잡아끌었다.

그는 장유중으로부터 멀리 떨어진 구석에 한빈을 데려갔다.

그러고는 주변을 두리번거리더니 입을 열었다.

"팽 유생, 내 뭐 하나만 물어봐도 되겠습니까?"

"물어보시지요."

"왜 그런 내기를 했습니까? 내가 봤을 때는 그건 무조건 질 수밖에 없는 내기입니다."

"저는 우리 하북팽가의 서기를 믿습니다."

"허허, 그자들이 성취를 이룰 자질을 타고났다면 무림세가의 서기가 되었겠습니까?"

"제가 봤을 때는 잘못된 교육을 받았을 수도 있습니다."

"잘못된 교육이라……."

"누군가 제대로 된 교육을 제공해 준다면 언제든 향시 정도는 합격할 수 있는 자들입니다."

"팽 유생 내기에 내가 상관할 바는 아니지만, 걱정돼서 그럽니다. 장유중 학장님이 이 내기에서 이긴다면 무엇을 요구할 줄 압니까?"

"뭐, 후계자가 되라고 하겠지요."

"그런데 이런 내기를 했습니까? 팽 유생은 이기면 무엇을 요구하려고 이런……."

"그건 비밀입니다."

한빈은 의미심장한 표정으로 미소를 지었다.

그때 마침 최유지도 술병을 들고 그들에게 다가왔다.

최유지도 한빈에게 궁금한 게 많다는 듯 눈매를 좁히고 있었다.

그 표정을 본 한빈은 선수를 쳤다.

"묻고 싶은 게 있으면 물어보시지요."

"하하, 역시 팽 유생은 내 마음을 꿰뚫어 보시는군. 제가 궁금한 건 딱 한 가지입니다. 아까 붉은색 상자에 사람의 내면을 단단하게 해 줄 물건이 들어 있다고 하지 않았습니까?"

"네. 그랬지요."

"그게 대체 무엇입니까?"

"궁금합니까?"

"네, 궁금해서 술이 목으로 안 넘어갈 지경입니다."

"제 생각인데……."

한빈이 말끝을 흐리며 어딘가를 바라봤다.

그곳은 절벽이 있는 곳이었다.

절벽의 너머로는 천수장과 마을의 전경이 펼쳐져 있었다.

허허롭게 풍경을 보는 한빈의 모습에 최유지가 재촉했다.

"빨리 좀 말해 주면 안 되겠습니까? 팽 유생."

"일단 음식부터 먹고 설명해 드리는 게 좋을 것 같습니다."

"궁금해서 술이 안 넘어간다니까 왜 그러십니까!"

최유지가 목을 길게 뺐다.

한때는 목에 칼을, 아니 붓을 겨눌 정도로 사이가 안 좋았지만, 지금은 누구보다 믿을 수 있는 동료였다.

지금처럼 농담을 건네도 어색하지 않을 정도의 사이가 된 것.

한빈이 할 수 없다는 고개를 끄덕였다.

"그럼 이리 따라오시지요."

"흠."

최유지가 헛기침하며 한빈의 뒤를 따랐다.

옆에 있던 양석봉도 궁금하기는 매한가지.

그들이 움직이자 나머지 유생들도 자연스럽게 한빈의 뒤를 따랐다.

절벽이 가까워지자 최유지가 눈을 가늘게 떴다.

절벽의 끝에는 정체 모를 말뚝이 박혀 있었고 그 말뚝에는 밧줄이 묶여 있었다.

최유지가 조심스럽게 물었다.

"아까 상자에 든 게 말뚝과 밧줄이었습니까?"

"아닙니다."

"그럼 뭡니까?"

"상자 안에는 뱀이 들어 있었습니다."

"뱀이라니? 그게 무슨 말입니까?"

"오시면서 사신(蛇身)이라는 글자를 확인하시지 않았습니까?"

"그럼 뱀의 몸이란 뜻입니까?"

"아닙니다. 뱀의 몸이 아니라 사람의 몸을 뜻함입니다."

"도저히 무슨 뜻인지 알 수 없습니다. 조금 더 자세히……."

최유지가 말끝을 흐렸다.

심미호가 다시 나타났기 때문이다.

그녀는 호기심 가득한 유생들의 표정에도 아랑곳하지 않고 한빈을 향해 고개를 숙였다.

"주군, 교육은 잘 진행되고 있습니다. 어떻게 확인하시겠습니까?"

"좋아. 내 글 친구들에게도 안내해 줘, 심 부대주."

한빈이 유생을 가리키자 심미호가 화사하게 웃으며 손짓했다.

"다들 이쪽으로 오시죠."

심미호가 씩씩하게 절벽을 향해서 걸어갔다.

그들은 주춤거리며 조심스럽게 그녀의 뒤를 따랐다.

절벽에 가까워질수록 유생들의 걸음은 느려졌다.

심미호는 절벽의 한 치 앞에서 멈췄다.

한 걸음만 더 내디딘다면 떨어질 정도였다.

유생들은 떨어질까 두려운지 절벽의 끝까지 가지는 못했다.

그 모습에 심미호가 말했다.

"여인인 저도 두렵지 않은데, 뭘 그리 두려워하세요?"

"흠."

여기저기서 헛숨이 터져 나왔다.

심미호의 한마디가 그들의 자존심을 긁은 것.

가장 먼저 절벽의 끝으로 간 것은 최유지였다.

조심스럽게 절벽의 끝으로 간 최유지는 비명을 질렀다.

"앗, 저게 대체!"

그의 비명에 유생들이 뒤로 주춤했다.

하지만 양석봉만은 서슴없이 앞으로 나왔다.

양석봉은 최유지와의 경쟁에서 질 수 없었기 때문이다.

그는 적벽의 끝에서 아래를 내려다봤다.

양석봉도 마찬가지로 비명을 질렀다.

"헉. 저건!"

그도 그럴 것이 절벽에는 공부하러 간 줄 알았던 서기들이 밧줄을 잡고 매달려 있었다.

유생들은 용기를 내어 절벽의 끝에 다다랐고 양석봉이 목격한 장면을 확인할 수 있었다.

그들은 지금의 상황이 이해되지 않는다는 듯 웅성거리기 시작했다.

"대체 저게 뭔가?"

"아까 분명히 교육을 받으러 간다고 하지 않았나?"

"그랬지, 그런데 왜 그들이 저러고 있다는 말인가?"

그들이 황당한 듯 속삭이고 있을 때, 심미호가 말을 이었다.

"우리 주군은 항상 말씀하셨지요!"

"……."

유생 중 입을 여는 자는 아무도 없었다.

심미호의 표정은 그만큼 진지했기 때문이다.

모두가 마른침만을 삼키고 있자 심미호가 설명을 이었다.

"건강한 육체에 건강한 정신이 깃든다고요."

심미호의 말에 최유지가 고개를 흔들었다.

"건강한 정신이 깃들기 전에 죽을 것 같소이다."

이건 누가 봐도 부인할 수 없는 사실이었다.

절벽에서 아래까지는 꽤 높았다.

저기서 떨어진다면 어딘가 부러질 것이 분명했다.

그냥 부러지는 게 아니라 바로 즉사할 정도의 높이였다.

그 말에 심미호가 뿌듯한 표정으로 말을 이었다.

"그래서 준비했습니다. 적색 상자에 있는 게 아까 뱀이라고 했죠?"

"그건 들었소이다."

"저 아래에 풀어놓은 게 다 뱀이에요. 저 아래로 떨어질 테니까 죽을 리는 없어요."

"그, 그러니까……."

"네, 뱀에 물릴 수는 있어도 죽지는 않는다는 거죠."

"헉. 대체……."

최유지가 말을 맺지 않고 조심스럽게 아래를 확인했다.

아까는 몰랐는데 지금 바닥에서는 뭔가가 꿈틀거리고 있었다.

아마도 심미호가 말한 뱀인 것 같았다.

적어도 수천 마리는 풀어놓은 것 같았다.

그때 한빈이 심미호에게 물었다.

"심 부대주, 독사는 다 뺐지?"

"최선을 다해서 걸러냈어요. 그런데 몇 마리를 섞여 있을 수도 있고요……."

심미호가 말끝을 흐렸다.

아래를 내려다보는 최유지는 서기들의 손에 더욱 힘이 들어가는 것을 확인할 수 있었다.

독사라는 말에 손등에 힘줄이 튀어나올 정도로 힘을 주고 있다.

최유지는 더욱 그들의 모습을 자세히 살폈다.

밧줄에 매달려 있는 것은 서기들만이 아니었다.

옆의 밧줄에서는 적혈맹호대의 무사들이 책을 펼쳐 들고 있었다.

적혈맹호대의 무사들은 이런 훈련쯤은 아무것도 아니라는 듯 한 손으로는 밧줄을 잡고 있었고 한 손으로는 책을 펼쳐 들고 있었다.

어찌나 능숙해 보이는지 적혈맹호대 무사들이 잡은 밧줄은 미동도 하지 않았다.

그만큼 안정적으로 자세를 유지하고 있다는 뜻이었다.

적혈맹호대 대원들은 서책을 들고 있고 서기들은 밧줄에 매달려 뭔가를 외우고 있었던 것.

최유지가 조심스럽게 물었다.

"저 책은 무엇입니까?"

"논어입니다."

"저 상황에서 사서삼경을……."

"우리 주군은 항상 말씀하셨어요. 목숨이 위태로울 때 진정한 실력이 나온다고요."

심미호는 말을 마친 후 한빈을 바라봤다.

최유지를 비롯한 유생들은 그 뒤로 질문을 던지지 못했다.

심미호의 표정이 너무 진지했기 때문이다.

거기에 더해 한빈의 미소가 너무 묘했기에 말을 걸 엄두도 내지 못했다.

한빈은 누구에게도 눈길을 주지 않고 밧줄에 매달려 있는 서기들을 바라보며 미소를 지었다.

드디어 원하는 결과가 나타났기 때문이었다.

한빈이 기다리던 결과는 다름 아닌 구결을 나타내는 점.

아직 완성되지는 않았지만, 지의 구결을 나타내는 점이 희미하게 보이기 시작했다.

분명 학문의 성취가 있다는 증거였다.

입가에 희미한 미소를 피워 낸 한빈은 옛 성현의 말씀을 떠올렸다.

결과를 얻기 위해서 목숨을 거는 것만큼 좋은 방법은 없다는 말은 역시 진리였다.

그때 장유중이 다가왔다.

한빈의 기행에 장유중도 호기심이 동했기 때문이다.

"허허, 상상도 못 할 방법이군. 그런데 내유외강이 아니지 않은가? 저렇게 되면 외강을 중점으로 두고 교육하는 것 같은데……. 아닌가?"

"말씀하신 게 맞습니다. 내면도 강해야 하지만 신체도 그만큼 따라와야 하는 것이 이치이지요."

"그럼 외유내강이라는 말이 무색하지 않은가?"

"강호에는 이런 속담이 있습니다. 강한 자만이 부드러운 척을 할 수 있다고요. 강호에서는 약한 자도 강한 척을 하고 강한 자도 강한 척을 해야 살아남을 수 있는 법입니다. 또한 그 강함을 뛰어넘을 때가 되어서야 부드러운 척할 수 있는 여유를 보일 수 있는 법이죠."

"허허."

장유중이 웃자 주변에 있던 유생들이 고개를 끄덕였다.

모두 동의한다는 뜻이었다.

유생들은 정치판이나 강호나 거기서 거기라는 생각이 들

었다.

관리로 등용되면 반드시 한발 걸치게 되는 것이 정치 싸움이라는 무대였다.

그곳에서 상대를 배려하거나 여유를 보일 수 있는 자는 강자밖에 없었다.

그 강자를 제외하고는 복어처럼 몸을 부풀려서라도 먹잇감이 되는 것을 피해야 했다.

그것도 잠시, 그들은 고개를 저었다.

맞는 말이긴 하지만, 그런 여유를 지닐 정도의 강한 신체를 만드는 것과 학문의 성취 사이의 관계가 불분명했기 때문이다.

그때였다.

고개를 갸웃하던 유생 중 하나가 입을 틀어막았다.

입을 틀어막은 유생은 헛구역질하며 구석으로 달려갔다.

나머지 유생들도 마찬가지였다.

"윽."

"나는 볼일 좀······. 흑."

그들은 구석으로 몸을 피했다.

몇몇 유생만 자리에 남아서 동료들이 왜 저런 모습을 보이는지 고개를 갸웃할 뿐이었다.

그 모습에 심미호가 한빈을 바라봤다.

"저분들 왜 저러시는 거죠?"

"아무래도 징그러운 게 떠오른 모양이야."

"징그럽다니요?"

"저 아래 뱀 말이야."

"뱀이 왜요? 얼마나 맛있는데요. 솔직히 광개 대협이 구워 주는 토끼구이와 뱀구이는 별미잖아요."

"우리야 그렇지……."

한빈은 옆을 바라보며 웃었다.

옆에는 그제야 동료들이 왜 헛구역질을 했는지 깨달은 이들이 입을 막고 있었다.

장유중과 한빈의 대화에 귀 기울이느라 아래에서 꿈틀대는 수천 마리의 뱀을 깜빡한 것이다.

거기에 그들이 먹은 음식 중에는 면 종류도 꽤 많았다.

흑미를 넣은 검은색 면은 저 아래에 있는 뱀들과 흡사했다.

양석봉도 못 참겠다는 듯 외쳤다.

"나도 잠시 자리를……!"

마지막까지 남아 있던 최유지도 마찬가지였다.

그들이 전부 자리를 피하자, 한빈이 웃었다.

"하하, 학장님은 괜찮으십니까?"

"뭐, 소싯적 나도 많이 잡아먹어 봤네."

장유중은 평소답지 않게 너털웃음을 터뜨렸다.

그들의 웃음을 끝으로 유생들을 위한 연회는 끝났다.

아래에 있는 뱀을 보고 식사를 계속 즐길 수 있는 유생은 아무도 없었다.

   심미호는 아무리 생각해도 이해가 안 된다는 듯 아래를 바라봤다.

"저게 얼마나 맛있는데……."

"심 부대주."

"네, 주군."

"심 부대주도 전에는 떨었잖아."

"그때는 독사가 제법 많이 섞여 있었잖아요."

"그랬지."

"덕분에 독에 대한 내성은 길렀지만……."

심미호는 말끝을 흐렸다.

밧줄에 매달려 있는 유생 중 하나가 떨어졌기 때문이다.

"으악!"

아래로 떨어지는 서기가 비명을 질렀다.

심미호가 눈을 크게 떴다.

"아혈을 제압당했는데 비명을 지르네요."

"신체의 한계를 극복한 게지."

"아, 역시……. 효과가 있네요."

그들의 대화에 장유중은 조용히 하늘을 바라봤다.

   아무리 생각해도 그들이 말하는 효과가 학문의 성취와는 관계가 없을 것이라는 느낌이 들어서였다.

식사 후 빈객들을 위한 전각에서는 소란이 일어났다.

사신대에서 이루어진 연회를 마치고 내려온 유생들 사이에서는 제법 심각한 의견 대립이 생겼기 때문이다.

그 대립의 중심에는 한빈의 교육 방법이 있었다.

과연 이것이 효과가 있느냐?

아니면 단순한 고문에 불과한 것이냐? 등으로 의견이 분분하게 갈리었다.

그들은 주먹다짐 대신에 논쟁을 벌이기 시작했다.

처음에는 몇몇 유생이었지만, 그 논쟁은 점점 번져 나가서 유생 전체의 문제가 되었다.

이제는 전체가 반반으로 나뉘어서 심각한 표정으로 토론을 하게 된 것이다.

그 중심에는 영원한 경쟁자인 양석봉과 최유지가 있었다.

탁자에 마주 앉은 양석봉이 말했다.

"나는 팽 유생을 믿네."

"나도 믿지만, 저런 교육 방식으로 어떻게 학문의 성취를 이룰 수 있겠는가?"

"우리는 팽 유생이 이제까지 보여 준 기적을 보지 않았나."

"명분이 부족하네."

"허허, 무슨 명분이 부족하다는 건가? 불가능한 것을 이루어 낸 그동안의 업적이면 충분하지 않은가?"

"아무리 그동안의 공이 컸다고는 하나, 맹물로 좋은 술을 만들 수는 없지 않은가? 그리고 가장 중요한 걸 자네는 놓치고 있네."

"내가 놓치고 있는 것이 뭔가?"

"자네 같으면 저런 교육, 아니 수련을 버틸 수 있겠는가? 오늘만 해도 뱀에 물려서 의당으로 실려 간 서기가 셋이네. 그마저도 해독하고 나서 다시 밧줄에 매달렸지. 그리고……."

최유지는 자신의 의견을 쉴 틈 없이 이어 나갔다.

감정이입 한 그의 표정만 보면 입에서 피가 튈 것만 같았다.

그의 설명에 양석봉이 말했다.

"흠, 교육에 대한 효과는 믿지만, 내가 봐도 서기들이 버티기에는 힘들 것 같네. 그런데 말이네……."

"무슨 말을 하고 싶은 것인가?"

"이상하게 서기들이 여길 빠져나가지 못할 것 같은 느낌이 들어서……."

"그럼 우리 내기하세."

"무슨 내기를 말인가?"

"자네는 서기들이 끝까지 남아 있을 것이라는 데 걸고, 나는 서기 중 반은 도망친다는 데 걸면 내기가 성립하지 않겠나?"

"흠, 판돈으로 뭘 걸고 싶나? 참고로 난 푼돈은 필요 없네."

"이긴 사람을 팽 공자의 제일 친우로 인정하는 것이 어떤가?"

"오호. 그럼 그거 받고 가보 하나를 더 거는 것이 어떤가?"

양석봉이 눈을 빛냈다.

누가 한빈과 가장 친하냐 하는 것은 지금 유림 서원의 유생들에게는 뜨겁게 떠오르는 문제였다.

"좋네."

최유지가 고개를 끄덕였다.

그들은 그 이후에도 어떤 가보를 거느냐 하는 문제로 밤이 새는지도 모르게 설전을 벌였다.

활기찬 유생들의 숙소와는 별개로 서기들이 묵고 있는 곳에는 침울한 분위기가 감돌았다.

이곳에서 움직이고 있는 자는 오직 그들을 치료하는 의원밖에 없었다.

의원은 그들의 상태를 보고 한숨을 쉬었다.

"휴, 또 이럴 줄은 몰랐네. 사람을 부려 먹어도 유분수지.

진짜 미치겠네."

의원이 한숨을 내쉬자 장문수가 눈을 끔벅이다 조심스럽게 고개를 돌렸다.

의원이 못마땅한 듯 불평을 쏟아 내자 아군을 만난 것 같은 기분이 들었기 때문이다.

장문수는 사실 이곳에 온 것을 후회하고 있었다.

한빈에 대한 믿음은 딱 사신대에 오르기 전까지만 유효했다.

아무리 생각해도 이건 말이 안 되었다.

강인한 신체고 강인한 정신이고…….

그게 학문과 무슨 상관이 있다는 것인가.

밧줄에 매달린 상태에서는 평소에 쉽게 떠올리던 시구와 경서의 구절도 생각나지 않았다.

완전히 백지상태로 밧줄에 매달리기에 급급했다.

장문수는 그나마 한 번 떨어졌다.

다른 서기들은 많게는 세 번까지 떨어진 자도 있었다.

그중 몇은 독사에 물린 자도 있고 말이다.

기연이고 뭐고 이제는 살기 위해서 몸부림쳐야 할 때임을 알고 있었다.

이게 대체 무슨 일이란 말인가?

첫날 장문수가 느낀 소감은 간단했다.

이곳은 지옥이었다.

지옥을 죽어서만 볼 수 있는 것이 아니라는 것을 깨달았다는 것이 가장 큰 깨침이었다.

사실 장문수는 동료 서기들에게 미안했다.

가장 먼저 계약서를 쓴 것도 장문수요.

그들을 선동한 것도 장문수였다.

차라리 친우인 조일순의 이야기를 들었더라면…….

그때였다.

눈여겨보던 의원이 드디어 장문수의 곁으로 다가왔다.

장문수의 머리맡에 온 의원이 물었다.

"몸은 움직일 만한가?"

"모, 못 움직일 것 같습니다."

"에고, 고생이 많네. 그래도 말을 하는 걸 보니 내 힘은 필요 없을 듯하네."

말을 마친 의원이 자리를 떠나려 하자 장문수가 다급하게 말을 이었다.

"대체 이곳은 뭐 하는 곳입니까?"

"여길 모른다고?"

"네, 학문을 갈고닦을 곳으로 알고 있습니다. 얘기를 들어보니 이곳의 이름이 천수장이라죠."

"천수장이라……. 그리고 학문을 닦는 곳이라?"

"아닙니까?"

"뭐, 비슷하긴 하다네. 자넨 여기의 옛 이름이 뭐였는지 알고 있는가?"

"모릅니다. 이 근처에 귀곡장이란 흉가가 있다고만 들었지……. 천수장은 처음 들어 봅니다."

"여기의 옛 이름이 바로 그 귀곡장이네. 아직도 가끔은 귀곡성 소리가 귓가에 울리지."

"귀, 귀곡장이라고 하셨습니까?"

"그렇다네. 우리 공자님 말씀에 의하면 음기와 양기가 충돌해서 벌어지는 현상이라고 하네. 지력을 다 회복시켰다고 하는데도 가끔 귀곡성이 들리는 걸 보면 원을 풀지 못한 망자의 넋이 남아 있는 모양이야."

"그, 그게 무슨 말입니까?"

"무슨 말이긴? 여기 온 수련생들이 자네들이 처음이라 생각하는가?"

"저, 저희가 처음이 아니라면요?"

장문수의 목소리는 생각보다 컸다.

그만큼 당황한 것이다.

자신이 처음이 아니라니!

이건 또 무슨 말인가?

덕분에 죽은 사람처럼 누워 있던 서기들이 동시에 고개를 돌렸다.

그 모습은 마치 강시와도 같았다.

그들의 모습에 의원이 웃음 지었다.

"참, 내 이름은 장자명이라고 하네. 나도 자네와 그리 다르지 않은 처지일세."

의원의 정체는 다름 아닌 장자명이었다.

장자명의 말에 장문수의 눈이 커졌다.

"그게 무슨 말씀입니까? 저희와 처지가 같다니요?"

그도 그럴 것이, 배움을 청하러 온 자신과 이곳에서 치료를 담당하는 의원의 처지가 같을 리 없었다.

화등잔이 된 장문수의 눈을 본 장자명이 말을 이었다.

"자네나 나나 계약서에 묶인 몸 아니겠나!"

"의원님도 계약서를 쓰셨다고요?"

"그렇지. 여기 있는 사람은 다 계약서로 묶인 몸이네. 자네들은 계약서를 자세히 읽어 봤나?"

"그, 그게 무슨 말씀입니까?"

"그냥 보기에도 악랄하다는 생각이 안 들던가?"

"……."

"그런데 그건 빙산의 일각이네. 분명히 자네들이 읽어 보지 못한 조항도 있을 것이네."

"다 읽어 봤습니다."

"하지만 아주 작은 글씨는 읽어 보지 못했을 것이야. 아마 위약금에 대해서도 쓰여 있을걸. 자네들은 이제 도망치지 못해."

장자명은 놀리듯 장문수를 바라봤다.

그러고는 다시 말을 이었다.

"다행히도 나는 얼마 남지 않았다네. 조금만 있으면 자유의 몸이지."

장자명은 환하게 웃으며 어깨를 활짝 폈다.

의기양양한 표정은 마치 전역을 며칠 앞둔 병사 같았다.

그의 표정에 장문수는 뭔가 일이 꼬였음을 깨달았다.

계약 기간이 얼마 남지 않았다고 저렇게 날아갈 것 같은 표정을 짓다니!

표정만 보면 등선을 앞둔 도인과도 같았다.

거기에 아까 하던 말을 떠올려 보면 이곳에서 얼마나 굴렀는지를 알 수 있었다.

즉, 계약에 서명한 것은 호구 짓이었던 것이다.

마른침을 삼킨 장문수가 다시 물었다.

"대체 무슨 말씀입니까? 의원 어르신."

"뭐, 그런 일이 있다네. 허허, 그런데 아무리 생각해도 이상하군."

"뭐가 말입니까?"

"어떻게 우리 팽 공자님에 대해서 모르는 건지 말이네."

"저는 알고 있습니다."

"아는데 계약서에 덜컥 서명했단 말인가?"

"죄송하지만, 계약서에 대해서 잘 설명해 주실 수 있습니까?"

"자네는 이곳 천수장에 가장 먼저 들어온 자가 누군지 아는가?"

"그, 그건⋯⋯."

"바로 나네. 참, 정확히는 나와 적혈맹호대의 대원들이지."

"무, 무슨 일이 있었는지 조금 더 자세히 설명해 주십시오."

"이곳 천수장에서 넘긴 죽을 고비만 해도⋯⋯. 한두 번이 아니라네."

"의원님이 말입니까?"

"음, 정확히는 적혈맹호대의 대원들이지⋯⋯. 물론 심 부대주와 소대섭 대주도 포함해서라네. 나는 그들을 치료하는 것 때문에 과로로 죽을 뻔했고."

"대, 대체 그게 무슨 말씀입니까?"

"오늘 자네들이 한 수련이 가장 가벼운 단계라면 믿겠는가?"

"이게 가벼운 단계라고요?"

장문수는 세상을 잃은 것처럼 멍한 표정으로 장자명을 바라봤다.

그 모습에 장자명이 말을 이었다.

"그래, 가장 가벼운 단계지."

"저희는 일개 서생, 아니 서기에 불과합니다. 그런데 왜 저런 수련을 해야 합니까?"

이건 진심이었다.

하지만 사실 전부터 궁금했던 것이다.

수련을 할 때는 심미호와 적혈맹호대의 기세에 눌려 누구도 질문을 입 밖으로 내는 일은 없었다.

상대의 신분이 의원임이 밝혀지자, 그들은 이제야 질문을 쏟아 내고 있었다.

사실 의원에게는 못 할 말이 없었다.

자신의 은밀한 비밀까지 털어놔야 치료할 수 있는 법이었다.

거기에 더해 환자를 돌보며 불평을 털어놓은 장자명의 모습은 그들과 같은 처지임을 느끼게 해 주었다.

그런 이유로 장자명에게만은 편히 말할 수 있었다.

장문수의 목소리가 조금 높았지만, 장자명은 싫은 내색을 하지 않고 말을 이었다.

"자네는 밧줄을 잡는 이유가 무엇이라고 생각하는가?"

"그야……"

장문수는 말끝을 흐렸다.

아무리 생각해도 그 이유를 알 수 없었다.

속된 말로 까라면 까라고 하니, 그냥 잡고 있던 것이다.

장문수와 장자명의 대화를 엿듣고 있던 서기들도 멍한 표정을 지었다.

그들 역시 그 이유에 대해서 아는 바가 없었다.

그들의 표정을 본 장자명이 선심 쓴다는 표정으로 말을 이었다.

"바로잡기 위해서네!"

"그, 그게 무슨 말입니까? 바로잡다니요? 저희가 무엇을 잘 못했다고 바로잡습니까! 그럼 이게 벌이라는 이야기입니까?"

"허허, 내 얘기를 오해했구먼."

"오해라니요?"

"바로잡는다는 것은 붓을 바로 잡는다는 걸세. 내가 이 침을 바로 잡는 것처럼 말이네."

"그, 그게 무슨 말입니까?"

"적혈맹호대는 칼자루를 바로 잡기 위해 사흘 밤낮을 사신 대에 드리워진 밧줄에 매달렸다네. 자네는 칼자루를 놓친 무인이 어떻게 될 것이라고 생각하나? 아니 편하게 전쟁이라고 생각해 보게⋯⋯. 전쟁에서 무기를 놓친 병사에게 적군이 '아이쿠, 실수하셨군요.' 하고 봐줄 것 같나?"

"⋯⋯."

"무기를 놓친 병사에게 기다리고 있는 것은 죽음뿐이네."

"자, 잠시만요. 의원 어르신. 어찌 붓대와 칼자루와 똑같습니까?"

"허허, 자네는 조금 더 시간이 걸릴 수도 있겠군."

"그게 무슨 말입니까?"

장문수는 계속 같은 질문을 쏟아 낼 수밖에 없었다.

병사가 무기를 놓치면 안 된다는 것은 이해가 되었다.

그런데 그 무기와 붓이 어찌 같다는 말인가?

"팽 공자는 입버릇처럼 말하곤 했지. 침 하나로 열 명의 고수를 죽일 수도 있고 열 명의 고수를 살릴 수도 있다고 말이야."

"의원이시니 그럴 수도 있겠지요. 하지만 붓은 다르지 않습니까?"

"자네는 전쟁에서 많은 이를 죽일 수 있는 무기가 뭐라 생각하는가?"

"그런 무기라면……. 화약 아니겠습니까?"

"틀렸네."

"흠……."

장문수는 턱을 어루만졌다.

다른 서기들도 고개를 삐죽 내밀었다.

그때 장자명이 말을 이었다.

"바로 붓일세."

"대체 그게 무슨 말입니까?"

"장군이 내리는 군령에 따라 수만이 죽기도 하고 수만이 살기도 한다네. 그 군령을 무엇으로 내리겠는가?"

"……."

장문수는 할 말을 잃었다.

말이 되는 듯하면서도 절대 수긍할 수가 없었다.

장군의 붓과 서생의 붓이 어찌 같을 수가 있단 말인가?

그때 장자명이 피식 웃었다.

"하하, 그 표정을 보니 아직도 마음을 열지 않았군."

"의원님은 마음을 여셨습니까?"

"어느 정도는……."

"아까는 저희처럼 불평을 쏟아 내지 않았습니까?"

"힘드니 당연하지. 나는 자네들처럼 온실의 화초처럼 편한 생활을 해 본 적이 없다네. 물론 천수장에 들어와서는 말이지."

"……."

"사흘 밤낮을 꼬박 새우고도 뒷간도 못 간 적도 있고 중독된 적혈맹호대를 치료하기 위해서 열흘 동안 아무것도 먹지 못한 적도 있다네. 그리고……."

장자명은 끊임없이 자신의 무용담을 털어놓았다.

자랑이긴 해도 남들이 듣기에는 끔찍하기 그지없는 이야기들이었다.

하지만 이 중 거짓은 단 하나도 없었다.

하남정가에서는 가주를 치료하며 뜬눈으로 밤을 새웠다. 뒷간도 가지 못한 채 말이다.

장운현에서 천독과 마주쳤을 때는 열흘 동안 아무것도 먹지 못했다. 음식에 어떤 독이 섞여 있을지 몰라서였다.

거기에 사천당가는 어떠한가?

이야기를 털어놓던 장자명은 잠시 말을 멈추고 천장을 올려다봤다.

자랑을 늘어놓다 보니 그중 한 가지만 놓고 봐도 강호를 들었다 놨다 하는 사건이었다.

그 사건에 장자명 자신도 있었고 말이다.

그러고 보면 하북팽가의 사 공자는 재앙을 몰고 다니는 악신일지도 몰랐다.

그렇지 않고서야 가는 곳마다 사건이 끊이지 않을 수는 없었다.

물론 한빈이 장자명의 이런 생각을 안다면 억울해할지도 몰랐다.

한빈은 사건을 몰고 다닌 것이 아니라 그 낌새를 눈치채고 선수를 친 것에 불과하니 말이다.

하지만 장자명의 눈에는 한빈이 사건을 몰고 다니는 것처럼 보였다.

그래도 한빈에 대한 믿음은 흔들릴 염려가 없었다.

한빈 덕에 백독곡에서 지낼 때보다 독에 대한 지식이 일취월장했다. 거기에 더해 해박한 치료법은 덤이었다.

장자명의 표정에 장문수가 조심스럽게 물었다.

"표정을 보니 후회 안 하시는 모양입니다."

"팽 공자 덕분에 나는 최고가 되었으니까!"

"최고라니요?"

"의원으로서 최고가 되었다네!"

물론 독 이야기는 뺐다.

한빈과 같이 있으면서 겪은 경험 하나만은 자신 있었다.

최고라는 말에 장문수가 조심스럽게 물었다.

"그, 그게 정말입니까?"

"전 중원을 통틀어 장자명, 나보다 환자를 더 많이 치료한 의원은 없을 것이네."

장자명이 엄지로 자신의 얼굴을 가리켰다.

그의 표정에는 뭐라 표현 못 할 자부심이 묻어 있었다.

"대체 어떤 방법을 쓰셨기에……."

장문수의 눈이 순간적으로 빛났다.

꺼져 가던 희망의 불꽃이 다시 타올랐다.

그 모습에 장자명이 씩 웃었다.

"자네의 눈이 불꽃 같구먼. 지금 그 눈빛 참 좋아 보이네. 사실 방법이라고 해 봤자 별것 없었네. 팽 공자는 환자를 만드는 데는 탁월하신 분이니까!"

"환자를 만드신다니, 그게 무슨……."

"뭐, 주변 사람들도 팽 공자의 옆에 있으면 환자가 되니, 하늘이 내린 환자 제조기가 아니고 뭐겠는가? 어차피 강호의 시간은 쉬지 않고 흐른다네. 그러니 기다리게!"

말을 마친 장자명은 자리를 떠났다.

장자명은 그들의 숙소에서 나와 희미한 미소를 지었다.

그가 가고 나자 서기들은 웅성대기 시작했다.

조금 전까지만 해도 '도망치는 것이 살길이다'가 대세였다.

하지만 장자명의 말 때문에 희망을 본 이도 있었다.

"그럼 우리도 최고가 될 수 있다는 것인가?"

"자네는 귀가 막혔는가? 지금 의원이 뭐라 했는가?"

"막내 공자 때문에 최고가 되었다고 했지."

"그게 아니라 마지막 말을 잘 들어 봐야지. 마지막에 분명히 환자 제조기라고 하지 않았나?"

"그야 그렇지…….."

"지금 우리도 환자가 아닌가? 의원의 얘기를 들어 보니, 조금도 나아질 같은 느낌이 들지 않는군."

"그래도 여기까지 왔는데 며칠은 두고 봐야 하지 않겠는가?"

그들이 웅성거리고 있을 때였다.

장문수가 나섰다.

"잠시만 기다리시게!"

모두는 대화를 멈추고 장문수를 바라봤다.

시선이 한곳에 모이자 장문수가 말을 이었다.

"중요한 건 계약서네. 분명히 우리가 보지 못한 것이 있다고 들었네."

"에이, 그런 말 하지 말게. 우리가 누군가? 하북팽가의 서기가 아닌가? 그런데 우리가 그깟 글귀를 놓친다고?"

서기의 말에 모두가 고개를 끄덕였다.

그도 그럴 것이, 하북팽가는 규모 있는 가문이었다.

서기가 해야 할 일이 관청의 업무에 버금간다는 이야기였
다.

그 이야기는 문서에 대해서라면 그 누구에게도 뒤지지 않
는다는 말이었다.

그런 그들이 단체로 글귀를 못 볼 리가 없었다.

장문수는 그들을 무시한 채 자신의 계약서를 꺼냈다.

그러고는 찬찬히 읽어 보기 시작했다.

한참을 읽던 장문수는 계약서를 떨어뜨렸다.

툭.

다른 이들도 자신의 계약서를 살피기 시작했다.

장자명의 말은 사실이었다.

계약서에는 아주 작은 글씨로 생각지도 못한 독소 조항이
여기저기 써 있었다.

서기 중 몇은 결심한 듯 눈을 빛냈다.

장문수도 입술을 잘근 씹더니 주먹을 불끈 쥐었다.

그때 조일순이 뒤쪽에서 나타나 장문수의 어깨를 툭툭 치
며 말했다.

"왜 그렇게 인상을 쓰나?"

"흠, 자네한테만 말하는 건데……. 난 오늘 밤에 여길 탈출

하기로 결심했네."

장문수가 눈을 빛내자 조일순이 놀라 물었다.

"그게 무슨 말인가?"

"이 계약서대로라면 우리는 죽네. 아니 죽으라면 죽어야
하네."

"탈출한다고 뭐가 달라지나?"

"이대로 죽을 수는 없지."

그들의 대화에 서기들이 동요했다.

장문수와 조일순은 천수장에 들어오기 전과 완벽하게 달
라졌다.

이곳까지 끌고 왔던 장문수는 탈출하자고 선동했다.

처음에 반대했던 조일순은 지금 상황을 받아들이고 있었
다.

조일순은 상황을 받아들인 것이 아니었다.

정확한 상태를 말하자면 체념한 것이었다.

이곳에 남아 있는 것이 위험하기는 하지만, 탈출하는 것은
더 위험하다고 본능이 외치고 있었다.

이곳에 오지 말라고 외친 바로 그 본능이었다.

✿

그날 밤.

몇 명의 사내들이 까치발을 들고 전각 사이를 누비기 시작
했다.

가장 앞에 선 이는 서기 장문수였다.

장문수는 뒤쪽을 돌아보며 조심스럽게 속삭였다.

"이제 거의 다 왔네. 조금만 참게나."

그들의 발소리는 더욱 은밀해졌다.

스슥.

마치 낙엽 스치는 소리와 흡사한 소리가 전각의 사이사이
에서 울렸다.

장문수는 정문에서 한참 떨어진 담장으로 이동했다.

이곳은 서기 중 하나가 눈여겨봐 뒀던 담장이었다.

그 담장에는 운이 좋게 개구멍이 뚫려 있었다.

담장 아래에 도착한 서기들은 서로를 바라보며 환하게 웃
었다.

멀리서 봤을 때는 긴가민가했는데, 막상 와 보니 성인 하
나 정도는 충분히 통과할 크기였다.

그들은 한 명씩 천천히 개구멍을 통과했다.

맨 마지막으로 통과한 것은 장문수였다.

개구멍을 통과한 장문수는 눈을 크게 떴다.

개구멍의 바깥쪽에 모닥불이 피워져 있었다.

모닥불 주변에는 두 명의 무사가 술병을 잡고 있었다.

복장으로 봐서는 적혈맹호대가 분명했다.

바람이 불고 모닥불이 일렁이자 그들의 신형이 없어졌다 나타났다를 반복했다.

모닥불이 줄어들었다가 다시 돌아왔기에 벌어진 현상이었다.

오늘은 달빛 한 점 없이 칙칙한 날이었다.

모닥불이 줄어들면 모습이 보이지 않고, 모닥불이 살아나면 그들의 모습이 보이는 것은 당연했다.

분명 그 사실을 알고 있는데도 묘하게 오한이 들었다.

그들은 서기들의 기척을 느꼈을 텐데도 아무렇지 않게 술병을 들이켜고 있었다.

자세히 보니 먼저 나간 서기들도 적혈맹호대의 무사들 덕분에 바싹 얼어붙어 있었다.

설마 개구멍 밖에 무사가 기다리고 있으리라고는 생각지도 못한 것이다.

장문수를 비롯한 서기들은 마른침을 삼켰다.

보다 못한 장문수는 가볍게 헛기침했다.

"흠."

하지만 그들은 장문수에게 눈길조차 주지 않았다.

그들은 조용히 술병을 들이켜고 있을 뿐이었다.

그때 무사 하나가 하늘을 보더니 조용히 말했다.

"옛날 생각 나네요."

"그게 무슨 옛날이야? 이 년도 안 됐구먼."

"이 년이면 옛날이죠. 그때 장삼 아저씨는 일류의 경지도 못 이뤘잖아요."

"그야 그랬지."

"지금은 일취월장하셨으니 그때는 옛날 맞죠."

"이놈아, 어른 놀리면 못쓴다."

"헤헤, 놀린 거 아니에요. 그때, 우리가 저 개구멍으로 나올 때는 이렇게 될 줄 몰랐지요."

"그래, 어찌 보면 행운이었지."

그들은 아무렇지 않게 개구멍 이야기를 이어 나갔다.

그들의 대화만 보면 마치 개구멍에 추억이 얽혀 있는 듯했다.

그때 무사 중 하나가 힐끔 장문수가 있는 쪽을 바라봤다.

그러고는 손짓했다.

오라는 신호였다.

장문수를 비롯한 서기들은 마지못해 그쪽으로 다가갔다.

모닥불에 가까이 가자 그들의 얼굴이 들어왔다.

장문수가 조심스럽게 물었다.

"조호 무사 아니오? 여기는 장삼 무사 맞죠?"

"네. 그래요, 장 서기님."

조호가 고개를 끄덕이자 장문수가 맹렬히 머리를 굴렸다.

궁색한 변명이라도 늘어놔야 할 것 같았기 때문이다.

그는 다급하게 말을 이었다.

"이건 그냥 산책 나왔다가……."

"괜찮아요. 저희는 서기님들 심정을 잘 알고 있어요."

"그, 그게 무슨……."

장문수가 말을 더듬자, 장삼이 너털웃음을 터뜨리며 끼어들었다.

"우리도 똑같이 이 개구멍으로 탈출하려다가 실패했으니 그 심정을 아는 것이 당연한 것 아니겠소?"

"아, 장삼 무사님도 탈출하려 하셨다는 말입니까?"

"이건 창피한 일이 아니오. 생명의 위협을 느끼면 누구든 탈출하고 싶은 게 인지상정입니다."

"탈출에는 성공하셨습니까?"

"성공했다면 이 자리에 있겠소?"

"아."

"뭐, 잡힌 게 행운일 수도……."

"저희를 잡아가시려고 기다리신 겁니까?"

"내가 그렇게 한가한 사람처럼 보이오?"

"아, 아닙니다."

"여기서 탈출하든 돌아가든 우리는 못 본 척할 것이니, 그리 아시오."

"……."

장문수는 대답할 수 없었다.

대신 뒤쪽을 바라봤다.

다른 서기들의 의견을 묻기 위함이었다.

장문수는 다른 서기들이 눈짓하는 것을 보았다.

탈출하자는 뜻이었다.

그때였다.

장삼이 사람 좋은 얼굴로 모닥불 위에 올려놓은 꼬치를 들었다.

"보아하니 결심이 선 것 같군. 먼 길 떠날 텐데 요기나 하고 가시오."

"어, 그건 아닌데……."

그때 조호는 술병을 내밀었다.

"우리가 주군 옆에 있으면서 늘어난 건 무공보다 눈치예요. 뻔한데 숨기려고 하지 마시고 그냥 편하게 튀세요. 서기 아저씨들이 없어야 저희도 편해요."

"조호 무사, 그게 무슨 말입니까?"

"수련생이 줄어야 교관이 편한 것은 당연한 이치잖아요. 서기 아저씨들이 향시에 급제해 봤자 저희에게 뭐가 떨어지죠? 아니, 합격이 문제가 아니라 계속 끈질기게 붙어 있으면 저희만 힘들어요. 갈 사람은 그냥 가는 게 저희도 편해요. 안 그래요? 장삼 아저씨."

"그래, 네 말이 맞는 것 같다."

그들의 대화에 장문수가 안도의 한숨을 쉬며 꼬치와 술병을 받아 들었다.

"고맙습니다. 이 은혜 나중에 기회가 되면 꼭 갚겠습니다."

"나도 좀 주게."

뒤쪽에 있는 서기들이 술과 고기를 먹기 위해 장문수의 뒤에 섰다.

그 모습에 조호가 손을 휘휘 저었다.

"목소리 낮추세요. 그러다 들키겠어요. 그리고 술과 고기는 충분하니 천천히 드시고 튀세요. 망은 저희가 봐 드릴게요."

말을 마친 조호는 뒤에서 술병을 꺼내 그들에게 건넸다.

그러고는 장삼과 함께 어디론가 사라졌다.

아마도 망을 보러 간 것이 분명했다.

장문수는 동료들과 함께 꼬치를 베어 물었다.

"휴, 적혈맹호대에 저런 성인군자들이 있을 줄이야."

"그러게 말이네. 빨리 먹고 여길 떠나세."

동료 서기도 안도의 한숨을 내쉬었다.

그때였다.

다른 서기 하나가 고개를 갸웃했다.

"그런데 왜 이리 졸리지?"

"그야 긴장이 풀려서 그런……."

장문수는 말을 잇지 못했다.

갑자기 잠이 쏟아졌기 때문이다. 몸은 축 늘어졌고 눈꺼풀은 천근이 된 것처럼 저절로 내려앉았다.

하지만 귓가에 풀벌레 소리는 여전히 들려왔다.

청각만 빼고 나머지 감각은 모두 사라진 것이다.

장문수는 이를 악물었다.

하지만 마음만 그렇게 먹었을 뿐, 입도 움직이지 않았다.

그때 조호의 목소리가 들렸다.

"아저씨, 내가 이겼죠?"

"허허, 이놈들이 이렇게 속아 넘어갈 줄을 몰랐구나."

"어서 은전 한 닢 주세요."

"옜다! 대신 내일 술 한잔 사야 한다."

"네, 그건 걱정하지 마세요."

그들의 음성에 장문수는 사태를 깨달았다.

일각 후.

장자명은 한숨을 내쉬었다.

"아이고, 장삼! 조호! 이자들을 내게 데려오면 어찌합니까? 나도 쉬어야지."

"죄송해요, 장 의원님. 둘이서 다섯을 끌고 오려니까 오는 도중 조금 상해서……."

"휴, 가면 갈수록 팽 공자를 닮아 갑니다?"

장자명은 기가 찬 표정으로 조호와 장삼을 바라봤다.

그의 말은 진심이었다.

천수장에 처음 왔을 때 한빈은 장삼과 조호를 여기에 던져 놓고 갔다.

그런데 이제는 장삼과 조호가 서기들을 들고 온 것이다.

이 야심한 밤에 치료하라고 말이다.

한빈 덕에 독과 의술이 나날이 발전하고 있는 것은 인정하지만, 장자명도 사람이었다.

잠을 잘 때 자야 일을 할 수 있었다.

사실 영약의 힘이 아니라면 이렇게 버티지도 못할 터였다.

장삼과 조호가 사라지자 장자명은 조용히 침을 들었다.

그러고는 널브러진 서기 중 하나를 골라 그의 목덜미에 찔렀다.

그 서기는 다름 아닌 장문수였다.

순간 장문수의 감겼던 눈이 번뜩 떠졌다.

상상도 못 할 통증이 밀려 들어왔기 때문이다.

눈을 떠 보니 장자명이 희미하게 웃고 있다.

장문수가 아무리 용을 써도 아직 입이 열리지 않는 상황이었다.

장문수는 그저 멍하니 장자명을 바라봤다.

그때 장자명이 입을 열었다.

"흠, 장 서기님이시군요. 제가 아까 말하지 않은 게 하나 있는데……. 저는 환자를 진짜 싫어합니다."

"……."

장문수는 그저 듣기만 할 수밖에 없었다.

장자명은 상대의 표정을 보고도 무관심한 표정으로 말을 이었다.

"왜냐하면? 제 개인 시간을 뺏기 때문이죠. 지금처럼요."

"……."

장문수는 있는 힘을 다해 그게 아니라고 외치고 싶었다.

하지만 입은 열리지 않았다.

장자명은 아무렇지 않게 말을 이었다.

"이 침은 치료용이 아닙니다. 제가 침을 놓은 곳은 정목혈이라고 하죠. 사람의 신체 중에 세 번째로 고통을 많이 느끼는 곳입니다. 만약에 또 환자가 되어서 찾아온다면 두 번째와 첫 번째 고통도 알게 해 드리겠습니다. 다음에 또 잡히면 저한테 죽는 겁니다. 아니, 다쳐서 일거리를 만들어도 죽습니다."

말을 마친 장자명은 하얀 이를 드러내며 침을 더 깊숙이 찔렀다.

물론 이 중에 반만 진실이었다.

가장 고통스러운 혈 자리 중 하나가 맞았다.

하지만 치료와 관계없다는 것은 거짓이었다.

장자명은 가장 빠르면서도 가장 고통스럽게 치료를 하는 중이었다.

순간 장문수의 입이 열렸다.

"앗."

장자명이 나머지 서기도 마저 치료를 끝냈을 때였다.

방문이 다시 열렸다.

덜컹.

장자명이 다시 한숨을 쉬었다.

"설화야, 청화야. 너희는 또……."

"죄송해요, 장 의원 아저씨. 저희도 잡았어요."

"알았으니……. 그냥 놔두고 가거라."

장자명의 말에 설화가 어깨에 걸쳐 멘 사내를 내려놓았다.

풀썩.

사내를 내려놓은 곳은 장문수의 옆이었다.

장문수는 그가 서기 중 하나일 것이라고 짐작하고 쓰러진
사내를 확인했다.

"앗!"

장문수가 비명을 질렀다.

그는 장문수의 친우인 조일순이였다.

자기는 탈출하지 않겠다더니 이렇게 잡혀 온 것이다.

조일순도 눈만 끔뻑이고 있는 상태.

사실 조일순은 조금 민망했다.

장문수가 숙소를 나간 후, 그와 다른 방향으로 탈출하면
잡히지 않겠다는 확신이 들었다.

그러고는 재빨리 서기 몇 명을 규합해 행동에 옮긴 것.

하지만 담장을 넘기 전에 설화에게 덜미를 잡혔다.

그들의 귓가에 설화의 밝은 목소리가 들렸다.

"청화야, 빨리 가서 공자님한테 현상금 받자."

"네, 언니."

그들의 말에 장문수와 조일순은 그제야 모두가 자신들을 노리고 있다는 것을 깨달았다.

적혈맹호대 그리고 설화.

거기에 인자한 척 미소 짓는 의원 장자명까지…….

그들은 진정한 악마들이었다.

어찌 정파에 저런 사악한 자들이!

이게 그들의 공통적인 생각이었다.

그렇게 첫날이 지나갔다.

침을 다 놓고 난 장자명은 한숨을 쉬었다.

"휴."

많은 의미가 담긴 한숨이었다.

내일도 모레도…….

오늘과 상황은 다르지 않을 터였다.

전에 적혈맹호대도 그랬으니까.

하지만 결과도 같으리라는 법은 없었다.

한 달 후.

향시가 열리는 관청의 입구.

임시 시험장으로 쓰이는 관청의 앞마당으로 들어가기 위해 서생들은 줄을 섰다.

그들은 관청의 정문이 열리기만 기다리며 초조함을 수다로 풀고 있었다.

"자네는 자신 있는가?"

"이번에는 이 지역에서 콧방귀깨나 뀐다는 공자들이 모두 시험을 치르지 않는가?"

"자신 있느냐고 물어봤더니, 왜 딴소리인가?"

"이번에 떨어져도 그건 실력 때문이 아니라는 말이지."

"벌써 꽁무니 빼려고?"

"거기에 시험관도 문제가 있네."

"시험관이라니?"

"이번 시험은 황궁에서 직접 시험관을 보냈다지 뭔가?"

"흠."

"그러니 어려울 수밖에 없지. ……그런데 이건 무슨 냄새지?"

서생이 코끝을 매만지며 주변을 두리번거렸다.

상대 서생도 눈을 가늘게 뜨며 냄새의 원인을 찾기 시작했다.

그것도 잠시, 그들은 동시에 한 곳을 가리켰다.

"헉, 저게 뭔가?"

"그러게 말일세. 개방도가 왜 향시에 응시한단 말인가?"

"나도 이해가 안 되네. 거지가 향시에 응시했다는 얘기는 한 번도 듣지 못했네."

그들이 가리키는 곳에는 누가 봐도 거지로 보이는 이들이 힘없이 걷고 있었다.

그들은 향시에 응시하기 위한 줄이 있는 곳으로 천천히 걸어오고 있었다.

이상한 것은 다 해진 옷에 산발한 모양새가 완전히 거지였지만, 오른손에는 붓 한 자루를 꼭 쥐고 있다는 점이었다.

모든 서생이 일제히 고개를 돌렸다.

관청 문이 열리길 기다리던 그들은 잠시 넋을 놓고 눈앞의 광경을 바라봤다.

그들은 앞쪽에서 응시 명부를 확인하고 걸어오는 거지들이 이해가 되지 않았다.

누군가 한숨을 쉬며 말했다.

"어휴, 무슨 거지가 저리 붓을 꼭 쥐고 있단 말인가? 아무리 생각해도 이해가 안 되네."

"그러게 말일세. 마치 붓을 놓치면 죽는다는 듯한 표정 아닌가?"

"혹시 요즘 개방에서는 타구봉이 아니라 판관필을 들고 다니는 건가?"

"그러게 말일세. 붓을 쥔 저 손등에 불끈 돋아난 힘줄을 보면 그런 것도 같네."

그들은 천천히 걸어오는 거지들을 향해 비웃음을 보냈다.

그들이 판관필 운운한 것은 명백한 조롱이였다.

판관필이란 붓을 닮은 병기였다.

타구봉을 들고 있어야 할 거지가 붓을 들고 있다고 놀리는 것.

가까이 다가왔지만, 거지들은 비아냥대는 서생들에게 눈길조차 주지 않았다.

거지들은 어깨에 잔뜩 힘을 주고 걸어갔다.

그 모습에 서생들은 더욱 호기심이 일었다.

그들은 일부러 목소리를 높였다.

"저 봇짐에는 지필묵이 들어 있는 건 아니겠지?"

"설마하니!"

그들은 거지들이 등에 메고 있는 봇짐을 바라봤다.

서생들은 고개를 갸웃했다.

거지들이 멘 봇짐과 서생들이 멘 것이 비슷했기 때문이다.

마치 지필묵이 들어 있을 법한 봇짐이었다.

한참을 보던 서생 중 하나가 말했다.

"설마……. 저 거지들이 진짜 이번 향시에 응시하는 것은 아니겠지?"

"저길 보게!"

서생이 다시 거지들을 가리켰다.

응시 명부를 확인하는 관리가 있는 곳이었다.

거지들이 응시를 담당하는 관리의 앞에서 호패를 꺼내 들고 있었다.

순간 서생들은 서로를 바라봤다.

가장 이해가 안 되는 것은 바로 호패였다.

"거지들이 언제부터 호패를 들고 다녔지?"

"허허, 그러게 말일세."

"그런데……. 아무래도 저자 중 하나가 낯이 익은 것 같네……."

"그게 무슨 말인가?"

"저기 가장 초췌해 보이는 자 말일세."

"어디……."

"그래, 거기 말일세. 저자는 꼭 장문수 같지 않은가?"

"장문수라면, 향시에서 번번이 낙방하고 하북팽가의 서기로 들어간 친구 아닌가?"

"그래, 아무리 봐도 그 친구가 틀림없네."

"하북팽가의 서기가 왜 저런 꼴이란 말인가? 대우가 그리 나쁘지 않을 텐데 말이야."

"쫓겨나서 개방에 서기로 취업한 건 아닐까…… 하네만은."

"예끼! 개방에 무슨 서기란 말인가?"

"그러고 보니 이상하네그려."

그들은 장문수가 있는 곳을 뚫어져라 바라봤다.

그들의 말은 사실이었다.

그들이 말한 이는 장문수였고 그와 같이 모여 있는 거지 무리는 다름 아닌 하북팽가의 서기들이었다.

정확히는 한빈과 사제 계약서를 쓴 바로 그 서기들.

그들이 붓을 손에 꼭 쥐고 있는 것도 사실이었고, 거지꼴을 하고 나타난 것도 사실이었다.

그들을 알아본 서생들은 재미있다는 듯 장문수를 관찰했다.

그들은 그 주변에 있는 이들이 하북팽가의 서기라는 것을 알아봤다.

"하북팽가의 서기가 저러고 있다는 건……."

"그래, 하북팽가가 망했다는 증거 아니겠나?"

"하북팽가가 왜 망하나?"

"잘 생각해 보게. 하북팽가가 망했으니 향시에 응시하기 위해 저러고 있는 게 아니겠나?"

"흠, 그 말도 맞네그려! 그러지 않아도 하북이 잠잠하던 터였는데, 재미있게 됐군."

그들은 입가에 미소를 지었다.

사실 다른 가문의 흥망성쇠는 그들에게 있어 강 건너 불구경에 불과했다.

그때 장문수를 관찰하던 서생이 말했다.

"잠시만, 이쪽으로 오네."

"허허, 이거 모른 척하기도 뭐하고……."

말끝을 흐린 서생이 빙긋 웃으며 장문수가 걸어오는 쪽으로 몸을 돌리며 발을 슬쩍 내밀었다.

강 건너 불구경을 하는 것으로는 성에 안 찼다.

그는 불난 집에 기름을 끼얹을 생각이었던 것.

그때였다.

장문수가 서생의 발에 걸렸다.

순간 서생의 눈이 커졌다.

발을 걸었으면 상대가 넘어져야 정상이었다.

그런데 넘어지기는커녕 그냥 앞으로 걸어갔다.

덕분에 서생이 오히려 중심을 잃고 쓰러졌다.

걸린 발을 앞으로 뻗으니, 마치 장문수가 서생의 발을 낚아챈 것처럼 보였다.

덕분에 서생은 중심을 잃고 휘청거렸다.

동시에 뒤에 오던 다른 거지꼴의 서기가 서생을 잡았다.

"조심하시구려. 이러다 넘어지기라도 해서 팔이라도 부러지면, 향시는 물 건너간 것이 아니겠소?"

그의 말에 서생이 고개를 들었다.

상대를 확인한 서생이 눈을 크게 떴다.

장문수의 뒤를 따르던 거지도 익히 아는 얼굴이었다.

"자네는 조일순 아닌가?"

"허허, 날 알아보는 걸 보니 전에 본 적이 있나 보군요."

조일순의 말에 서생의 눈동자가 이리저리 움직였다.

조일순과 장문수를 번갈아 확인하고 있었다.

자신이 창피해서 그들을 모른 척을 하면 몰라도 상대가 모른 척한다는 게 이해가 되지 않아서였다.

그때 앞에 선 장문수가 조일순을 바라봤다.

"시간 없으니 우린 어서 저곳으로 가세."

"허허, 알겠네."

조일순이 고개를 끄덕였다.

그들은 서생 쪽에는 눈길도 주지 않고 가던 길을 갔다.

그 모습에 서생 하나가 웃었다.

"저게 대체 어떻게 된 일인가?"

서생은 눈을 흘기며 혀를 찼다.

궁금하다기보다는 사실 어이가 없어서였다.

자신들이 장문수와 조일순을 모른 척해야 했다.

거지꼴을 한 장문수를 알은척해 준다는 것만 해도 큰 선심을 쓰는 것이다.

그런데 장문수는 그들을 모른 척하고 지나갔다.

그들은 멀어지는 장문수를 보고는 피식 웃었다.

"그냥 살짝 망한 줄 알았더니 쫄딱 망했구먼."

"그게 무슨 말인가?"

"생각해 보게. 얼마나 정신이 없으면 저러겠나……. 꼴만 말이 아니라 정신까지 나간 게 분명하네."

"허허, 그 말이 확실하군. 쯧쯧……. 그런데 자네 발목은 괜찮은가?"

서생이 발을 건 자신의 동료를 바라봤다.

발을 건 서생이 미간을 좁혔다.

자신의 발목이 시큰했기 때문이다.

그때 동료 서생이 앞을 가리켰다.

"이제 문을 열었군. 좋은 자리를 잡으려면 빨리 앞으로 가야지."

"그러지……."

그는 말을 잇지 못했다.

발을 내디디려고 했는데 발목이 시큰한 것을 넘어서 저릿했기 때문이다.

그 와중에 서생들로부터 멀어진 조일순이 장문수에게 물었다.

"자네, 괜찮은 것인가?"

"그게 무슨 말인가?"

"아까 그 친구가 자네 발을 걸지 않았는가? 다치지 않았는지 걱정돼서 그러네."

"그런 일이 있었는가?"

"허, 아예 상황을 몰랐다는 투로군."

"아까 그자들이 누군지도 모르네. 그런데 자네는 그자들을 아나 보군?"

"전에 동문수학했던 친구들이 아닌가?"

"그런가……."

장문수는 희미하게 웃을 뿐 바로 고개를 돌려 멍하니 사색에 빠졌다.

그가 예전에 같이 동문수학하던 이들을 몰라본 것은 사실이었다.

그런 척이 아니라 진짜 몰라본 것이다.

장문수는 그 정도로 집중하고 있었다.

나뭇가지 하나에 집중하면 나머지 가지들은 눈에 보이지 않는 원리와 같았다.

장문수는 누가 발을 걸었다는 사실조차 알지 못했다.

아무것도 모르는 상태에서 힘으로 뚫고 나간 것이다.

하북팽가의 서기들에게는 한 달간 많은 변화가 일어났다.

그들은 구천지옥이라는 걸 현실에서도 볼 수 있다는 것을 깨달았다.

가장 괴로운 것은 밧줄에 매달려 사서삼경을 외울 때가 아니었다.

그들이 가장 힘들어했던 것은 식사 시간이었다.

그들에게 반찬이라고는 무말랭이밖에 나오지 않았다.

말이 무말랭이지 누런색에다 맛도 이상했다.

그 맛은 마지막 날까지도 적응되지 않았다.

하지만 남길 수도 없는 것이, 남은 반찬을 버리려 하면 어디선가 설화가 나타나서 무말랭이를 더 올려 줬다.

의미를 알 수 없는 근엄한 표정으로 말이다.

물론 그 무말랭이는 천수장의 극양지기를 품은 영약이었다.

적혈맹호대도 똑같은 시련을 거쳐 절정의 무위를 얻을 수 있었던 것.

천수장에는 널려 있는 무말랭이지만, 외부에서 비슷한 효과의 영약을 구하려 한다면 서기의 한 해 봉급을 다 털어도 불가능했다.

이제 며칠 밤을 새워도 끄떡없을 만큼의 체력과 웬만한 충격에도 쓰러지지 않을 정도의 뚝심을 갖게 되었다.

사실 향시에서 떨어진다고 해도 그들이 한빈에게 얻어야 할 것은 다 얻었다고 볼 수 있었다.

물론 서기 중에 자신의 변화를 정확히 알고 있는 자는 없었다.

서기들이 줄을 서기 위해 뒤쪽으로 사라지자, 그들을 몰래 지켜보고 있던 장유중은 수염을 쓸어내렸다.

그는 잠시 헛기침한 뒤 조용히 관청으로 들어갔다.

관청으로 들어간 장유중은 관졸의 안내를 받아 현감이 있는 집무실로 향했다.

장유중은 이곳에 참관인 자격으로 왔다.

유학자 중에 가장 명망 높은 그가 일개 현의 참관인으로 오게 된 이유는 간단했다.

바로 참관이 아닌 감시를 하기 위해서였다.

장유중은 한빈과의 내기를 중요하게 생각하고 있었다.

한빈이 서기들이 향시에서 성과를 거둘 것이라고 단언한 것에는 이유가 있으리라고 생각했다.

올곧은 한빈의 성품을 장유중은 알고 있었다.

중요한 것은 한빈은 목적이 있으면 그 올곧음을 적당히 구부릴 줄 아는 자라는 것이다.

성과를 위해서라면 적당한 술수를 부릴 줄도 아는 자가 바로 한빈이었다.

장유중은 한빈의 이런 면까지 높이 평가하고 있었다.

단기간에 서기들이 성취를 이루지는 못하겠지만, 다른 방법으로 성과를 낼 것이라고 예측하였다.

그것이 과연 어떤 방법일지는 몰랐다.

그 꼼수를 막는 방법은 장유중이 직접 나서서 감시하는 것밖에는 없었다.

오죽하면 시험도 자신이 내겠다고 했을까.

덕분에 참관인 겸 출제자의 역할까지 맡게 된 장유중이었다.

장유중은 현감의 집무실 앞에 도착했다.

덜컹.

문이 열리자 관졸이 다급하게 달려가 현감에게 보고했다.

현감은 부랴부랴 장유중을 맞이하기 위해 나왔다.

같이 있던 시험관들도 다급하게 장유중을 맞이하기 위해 나왔다.

장유중이 손을 저었다.

"그리 예를 차릴 필요는 없네. 일단 들어가세."

"네, 이쪽으로……."

현감이 직접 장유중을 맞이했다.

장유중이 앉자 다른 시험관들이 모두 고개를 숙였다.

모두의 인사를 받은 장유중은 손을 휘휘 내저었다.

그때 현감이 장유중에게 고개를 숙였다.

"이렇게 누추한 곳에는 무슨 일로……."

말끝을 흐린 현감은 조심스럽게 장유중의 표정을 살폈다.

미리 서신을 받긴 했지만, 장유중의 방문은 그만큼 놀라운 일이었다.

그들의 당황한 모습에 장유중은 사람 좋은 얼굴로 말을 이었다.

"현감은 날 신경 쓰지 말고 공정한 시험이 되도록 힘쓰게."

"알겠습니다. 어르신의 행차에 누가 되지 않도록 힘쓰겠습니다."

현감은 정중하게 고개를 숙였다.

이건 그의 진심이었다.

유림 서원에서 나오지 않던 장유중이 밖으로 나왔다는 것은 중앙 정계의 변화를 의미했다.

이곳은 황제가 있는 북경과 불과 나흘 거리.

분명히 의미가 있는 행보였다.

물론 이것은 현감의 착각이었다.

장유중은 동생의 흔적과 한빈의 주변 인물이 궁금해서 하북 땅에 온 것이니 말이다.

장유중의 등장에 현감은 잔뜩 긴장했다.

판돈의 주인

현감은 재빨리 응시생 명부부터 뒤졌다.

장유중이 눈여겨보고 있는 서생이 있다고 확신했기 때문이다.

그는 몇 번씩 응시생의 명부를 확인했다.

동시에 난감한 기색을 숨기지 못했다.

그 어디에도 장유중이 관심을 둘 만한 응시생을 찾을 수 없었기 때문이다.

한참을 살피던 현감은 장유중이 관심을 둘 만한 응시생이 없다고 판단했다.

누군가를 눈여겨보기 위해서 온 것이 아니라면…….

현감은 장유중을 다시 한번 살폈다.

그러고는 장유중과 응시생 명부를 번갈아 봤다.

절대 장유중의 의중을 놓쳐서는 안 된다고 생각했다.

그 정도로 장유중은 중요한 인물이었다.

매의 눈으로 응시생 명부를 살피던 그는 속으로 한숨을 삭였다.

한참을 살폈지만, 주목할 만한 유생의 이름은 보이지 않았기 때문이다.

현감은 계속 힐끔힐끔 장유중을 살폈다.

아무 표정 없이 관청의 내부를 살펴보는 그의 모습을 보아하니, 향시가 아닌 이곳 현에 원하는 것이 있음이 분명했다.

그렇다면?

현감은 고민을 끝냈다.

분명히 노잣돈이 필요해서 온 것이라 생각했다.

그런 문제라면 걱정할 필요가 없었다.

사실, 관리들이 현을 지날 때면 현감은 거마비(車馬費)를 챙겨 주곤 한다.

이것은 뇌물이 아니라 마치 인사를 주고받는 과정과도 같았다.

상대가 청렴한 관리라면 더더욱 거마비가 필요할 터였다.

지역이 광활하다 보니 생일 인사 한번 가려고 해도 몇 달을 달려야 하는 것이 다반사였다.

그러니 중원을 횡단하려면 관청의 지원은 필수였다.

확신이 들자 장유중에 대한 걱정은 모두 사라졌다.

슬쩍 눈치를 본 현감은 다른 이름에 집중하기 시작했다.

현감은 응시생의 명부를 유심히 보고 몇 개의 이름을 머릿속에 넣었다.

그들의 이름 옆에는 바를 정(正)자가 쓰였었다.

어떤 응시생의 이름에는 아래 하(下)자가 적혀 있기도 했다.

사실 그들의 이름 옆에 적힌 기호는 뇌물을 바친 가문의 자제를 표시해 놓은 것이다.

가장 적게 준 자의 이름 옆에는 한일(一)자를 적어 놓고 뇌물의 수준에 따라 획을 하나씩 그어서 최상위의 수준의 가문에는 바를 정(正)자를 적어 놓은 것이다.

향시에 통과하는 서생의 수는 대략 스무 명.

그중에 급제가 예정된 명단을 적당히 끼워 넣어야 했다.

그러니 이번 향시가 끝나면 당연히 제법 큰 돈이 굴러들어올 터.

현감이 명단을 머릿속에 새겨 넣었을 때였다.

관리 하나가 다급하게 뛰어왔다.

"현감 나으리, 지금 빨리 와 보셔야 할 것 같습니다."

"무슨 일이냐?"

"지금 거지들이 시험을 보겠다고 들어와서 다른 서생들의 불만이 이만저만이 아닙니다요."

"거지라······. 일단 가 보자."

관리를 따라 현장에 도착한 현감은 고개를 갸웃했다.

서생들 사이에 누가 봐도 행색이 초라한 이들이 끼어 있었다.

가까이 가서 보니 더 말도 안 나왔다.

조금만 다가가면 퀴퀴한 냄새가 올라올 것 같은 차림이었다.

물론 서기들에게 냄새는 나지 않았다.

천수장에서 서기들은 평상시 입던 옷을 무복처럼 관리했다.

수련에 임한 무사들은 의복을 어떻게 관리할까?

거대 문파에서는 무공에 막 입문한 제자들에게는 보통 하얀색 무복을 지급한다.

그 이유는 간단했다.

그 무복이 검은색이 될 때까지 수련하라는 뜻이었다.

때가 찌들어 무복의 색이 변하면 그들의 노력이 옷감에 스며들었다는 뜻이다.

흰색 무복이 검은색 무복이 되고 기초 수련을 통과한 무사로 인정받은 후에야 문파의 문양이 새겨진 정식 무복을 받게 되는 것이 일반적인 과정이었다.

사실 며칠은 안 빤 것처럼 지저분해 보였지만, 서기들은 자신들의 의복을 일과가 끝나면 잘 빨아서 말렸다.

그런데도 한 달 만에 이 꼴이 되었으니, 그들이 어떤 수련 과정을 거쳤는지는 짐작이 갈 만했다.

물론 이것은 서기들의 사정이었다.

현감은 그들의 복장만 봐도 속이 울렁거렸다.

그는 한눈에 다른 이들이 왜 불만을 제기했는지를 알 수 있었다.

현감은 시험장의 구석을 가리키며 관리에게 지시했다.

"저자들은 모두 저곳으로 몰아넣어라!"

"헉, 저 자리는 아무래도……."

관리가 말끝을 흐렸다.

현감이 가리킨 자리는 다름 아닌 뒷간이 있는 곳이었다.

거기에 가까운 곳에 퇴비를 쌓아 놓은 곳도 있었다.

시험장에서도 한참 떨어진 곳이었다.

관리는 뭔가 상상한 듯 숨을 참았다.

저곳에서 시험을 치른다면?

자신의 실력을 발휘할 수 있는 자는 아무도 없을 것이다.

관리의 표정을 본 현감이 말했다.

"향시를 보게 해 주는 것만 해도 다행 아니더냐! 그리고 자리가 이상해서 시험을 못 봤다는 등 말한다면 바로 내치거라. 그런 것은 모두 궁색한 변명이다."

"네, 알겠습니다. 바로 조치하겠습니다, 나으리."

관리가 고개를 조아리며 물러났을 때였다.

현감의 뒤쪽에서 헛기침 소리가 들렸다.

"흠."

반사적으로 고개를 돌린 현감이 재빨리 고개를 숙였다.

그의 앞에 장유중이 있었기 때문이다.

"아이구, 어르신……."

"다 들었네. 어찌 된 일인가?"

장유중이 묻자 현감은 하북팽가의 서기들을 가리켰다.

서기들은 관리의 안내로 기존 시험장에서 멀리 떨어진 곳으로 향하는 중이었다.

현감이 사람 좋은 얼굴로 말을 이었다.

"거지들이 시험을 보러 왔기에 몇 가지 지시를 내렸습니다."

"저곳이 아니어도 피해를 주지 않고 시험을 치를 장소가 있지 않은가?"

"백로가 노니는 곳에 까마귀를 풀어놓는 것은 아닌 것 같습니다."

"백로라……."

"네, 백로지요. 아마 저 작자들은 누군가에게 매수되어서 시험을 방해하기 위해 온 자들이 틀림없을 겁니다."

"저 중에 백로가 있으면 어떻게 할 텐가?"

"흠, 그럼 제가 책임지는 게 당연하지 않겠습니까, 어르신."

"그러게……. 저 중에 만약 백로가 둘 이상 있다면 자네가 책임지게. 하지만!"

장유중이 말을 끊었다.

그 모습에 현감이 눈을 크게 떴다.

자신도 모르게 긴장한 것이다.

장유중이 아무렇지 않게 다시 말을 이었다.

"백로가 둘이 안 된다면 내 자네의 소원을 하나 들어주겠네. 대신 나는 시험의 평가에는 관여하지 않겠네."

"네?"

"시제는 내가 냈지만, 참관만 할 뿐 관여하지는 않겠다는 게 내 약속일세."

"감사합니다, 어르신."

현감이 정중하게 고개를 숙였다.

물론 현감은 장유중의 의도를 살짝 오해하고 있었다.

장유중이 자신을 향해 줄을 내려 준 것이라고 착각하고 있었다.

사실 장유중은 단순하게 내기를 한 것이었다.

내기를 한 이유는 현감이 한빈이 길러 낸 응시생, 즉 하북 팽가의 서기들을 무시했기 때문이었다.

한빈과 내기에서 잡은 기준은 하북팽가 서기들 반수 이상이 향시에 통과한다였다.

물론 이것은 불가능한 일이었다.

그렇다고 성과를 못 내리라고는 생각하지 않았다.

자신이 인정한 천재인 한빈이라면, 적어도 둘이나 셋 정도의 성과는 내리라 생각했다.

한빈과 내기했지만, 한빈의 자존심이 장유중의 자존심이 된 묘한 상황이었다.

말을 마친 장유중은 조용히 어딘가를 바라봤다.

그곳은 천수장이 있는 곳이었다.

그는 속으로 외쳤다.

'고얀 친구로군!'

이것은 한빈을 향한 외침이었다.

장유중은 자신이 이렇게 내기를 즐기는 성격인지 몰랐다.

누군가를 시험하기 위해서 문제를 낸 적은 있어도 내기를 제안한 적은 없었다.

이 모든 것이 한빈을 만나고 나서부터였다.

상대에게 내기를 제안하는 행동은 꽤 중독성이 있었다.

하북팽가에서 온 서기들은 따로 마련된 곳에 앉았다.

누가 봐도 괄시한 것이 분명하지만, 누구도 싫은 내색을 하지 않았다.

서기 중 누군가가 말했다.

"이건 하북팽가에서 온 우리 서기들에 대한 특별 대우가 아닌가?"

"그렇고말고. 오래간만에 이렇게 편하게 앉다니……."

다른 서생들을 보호하려는 조치였지만, 그들은 이곳이 극락이라 생각했다.

한 달 만에 처음 보인 웃음이었다.

멀리서 그들을 바라보던 서생이 웃음을 터뜨렸다.

"하하."

"말세로군. 말세야!"

"하긴, 저 자리가 어울리는 것 같네."

"쉿, 이제 시제가 나올 것 같네."

그들이 정색하고 있을 때, 그들의 앞에 커다란 족자가 펼쳐졌다.

족자에는 중첩되는 글자 몇 쌍이 적혀 있었다.

군군신신부부자자(君君臣臣父父子子)

이것은 옛 성현의 말씀.

잠시 시제를 바라보던 이들은 동시에 붓을 들었다.

하북팽가의 서기들도 마찬가지였다.

서기들의 붓이 먹을 머금었다.

이제 잠시 뒤면 천수장에서 이루어진 내기의 결론이 날 터였다.

그 내기는 한빈과 장유중 사이에 이루어진 것도 있었고.

유림 서원 유생들 간에 이루어진 내기도 있었다.

사실 유생들도 장유중을 따라 관청으로 들어오려고 했다.

하지만 그들이 들어오는 것 자체가 공정함을 해칠 수 있다는 이유로 장유중이 허락하지 않았다.

덕분에 그들은 향시를 치르는 장면을 담장 너머에서 지켜볼 수밖에 없었다.

그들은 목을 길게 빼고 향시에 응시한 서생들을 바라봤다.

그중 양석봉이 황당하다는 듯 어딘가를 가리켰다.

"저, 저건 대체 무슨 짓인가?"

"그러게 말일세……."

최유지가 미간을 좁혔다.

사실 양석봉을 비롯한 유생 일행은 하북팽가의 서기에게 측은지심을 품고 있었다.

하북팽가의 서기들은 인간의 한계를 넘어선 훈련을 수행했다.

그것을 본 양석봉은 말려 볼까도 생각했었다.

튼튼한 육체를 통해 학문의 한계를 극복한다는 발상 자체가 말이 되지 않았다.

그게 가능하다면 어찌해서 자신들의 가문에서 그런 수련법을 사용하지 않았을까?

효과가 없으니 사용하지 않은 것이 틀림없었다.

안휘양가도.

산서최가도 말이다.

그것만 해도 안타까운데 그들은 지금 거지 취급을 받고 있었다.

생각 같아서는 나서고 싶지만, 이번 향시에 영향을 미칠 어떤 짓도 하지 말라는 장유중의 명이 있었기에 안타깝게 바라볼 수밖에 없었다.

하북팽가 서기들을 바라보던 양석봉이 고개를 갸웃했다.

"저 표정은 뭔가?"

"허허, 다들 웃고 있네그려."

"뭐가 좋다고 저리 웃는가?"

"혹시 탈이라도 난 게 아닌가?"

양석봉과 최유지는 서기들의 모습을 이해하지 못했다.

그때였다.

홍금호가 그들의 대화에 끼어들었다.

"저, 저기 저 뒷모습, 어딘가 눈에 익지 않은가?"

"어디 말인가?"

양석봉이 고개를 갸웃하자 홍금호가 손을 내저었다.

"내가 잘못 본 것 같군. 미안하네."

"허허, 눈이 밝은 자네도 실수할 때가 있군."

양석봉이 웃자 홍금호가 눈을 비볐다.

이상하게 응시생 중 한빈과 비슷한 뒷모습을 본 듯해서였
다.

홍금호가 본 것은 착각이 아니었다.

응시생 중에는 분명히 한빈이 있었다.

한빈은 지금 천급 초식을 시험 중이었다.

'유유자적.'

이 초식을 시험하는 이유는 간단했다.

초식의 설명에 의하면 어떤 고수도 기척 혹은 숨결을 알아
채지 못한다고 했다.

완벽하게 적진에 숨어들 수 있다는 말이었다.

이것이 무림인이 아니라 일반인에게도 통용될까.

한빈은 몰랐지만, 성공했다.

홍금호가 한빈을 처음 발견했을 때는 반박귀진만을 썼을
뿐이었다.

하지만 유유자적을 쓰자 홍금호의 눈에서 벗어났다.

물론 이 문제뿐이 아니었다.

늘어난 '지의 구결'과 '학문적인 성취의 상관관계'를 시험해
보고자 하는 것도 있었다.

아직까지는 한빈이 응시생 속에 숨어 있다는 것을 발견한
자는 없었다.

장유중도 마찬가지였다.

그는 하북팽가의 서기들에게 눈을 떼지 않고 있었다.

서기들의 모습을 지켜보던 장유중이 눈을 빛냈다.

붓을 든 서기들을 바라보는 그의 표정은 진지했다.

이전에 보이던 표정이 아니었다.

그의 얼굴은 마치 유림 서원에서 강의할 때같이 근엄해 보이기까지 했다.

그 정도로 하북팽가의 서기들을 바라보는 장유중의 태도는 진지했다.

물론 학문의 성취를 이루었는지는 아직 판단할 수 없었다.

장유중이 인정하는 것은 서기들이 시험에 임하는 태도였다.

그중에서도 하북팽가 서기들의 표정이었다.

장소와 상관없이 붓을 잡았다는 것만으로도 저리 행복해할 수 있다니!

다른 응시생들은 시제를 확인하고는 모두 긴장한 상태였다.

어떤 자는 떨고 있었으며.

어떤 자는 얼굴이 돌처럼 굳어 있었다.

그런데 그들만큼은 그 어느 때보다 행복하게 붓을 쥐고 있었다.

장유중이 제자들에게 하는 말이 하나 있었다.

노력하는 자를 이길 사람은 없다.

하지만 노력하는 자는 즐기는 자를 이길 수 없다.

어떤 분야든 즐기는 자를 이길 수는 없는 법이었다.

그들은 이번 향시를 즐기고 있는 것이 분명했다.

지금 서기들의 모습은 마치 깨달음을 얻은 고승들의 표정과 흡사했다.

해골에 고인 물을 마시고 모든 것이 마음먹기 나름이라는 진리를 얻은 동방의 고승이 있다고 하지 않은가?

저런 냄새나는 곳에 있으면서도 표정이 밝은 것을 보면, 모든 것이 마음먹기 나름이라는 깨달음을 얻은 게 분명했다.

이 모든 것이 한빈이 만든 결과라고 생각했다.

"지금 결과를 보기보다는 그릇을 만들었다는 건가……."

장유중은 조용히 어딘가를 바라봤다.

천수장이 있는 방향이었다.

물론 이것은 장유중의 착각이었다.

서기들이 집중하고 있는 것은 맞았다.

하지만 그들이 즐거워하고 있는 것은 편하게 앉아 있다는 그 자체였다.

거기에 더해 그들은 시제를 보는 순간 어렵지 않게 문장을 떠올렸다.

그동안 수련을 하며 머릿속에 욱여넣었던 사서삼경과 정책론 속의 문장이 저절로 떠오른 것이다.

서기들은 웃음기를 지웠다.

자신들의 변화를 그제야 느낀 것이다.

그들은 멀리 걸린 시제를 다시 한번 바라봤다.

동시에 답지 위에 문장을 써 나갔다.

스스슥.

이제 다른 응시생들도 붓을 움직이기 시작했다.

모두가 치열한 표정으로 붓을 놀리고 있을 때였다.

갑자기 시험장에 광풍이 몰아쳤다.

휘휘 잉!

마치 말이 투레질하는 듯한 소리를 내며 시험장을 쓸고 가는 바람에 서생들은 깜짝 놀랐다.

어떤 이들은 부랴부랴 날아가는 시험지를 잡으려고 손을 뻗고, 어떤 이는 깜짝 놀라 붓을 놓쳤다.

다만, 구석에서 시험을 치르던 하북팽가의 서기들만은 행동의 변화가 없었다.

그들의 붓은 조용히 종이 위를 누볐다.

마치 아무 일도 없었다는 듯 묵묵히 붓을 놀리는 서기들의 모습에 장유중이 눈을 빛냈다.

비록 채점에 참석하지 않았지만, 장유중은 항상 시험에 임하는 태도부터 채점하는 사람이었다.

저 정도의 침착성이라면 상, 중, 하의 점수 중에 상을 줘도 될 정도였다.

그때 장유중이 눈매를 좁혔다.

어떤 서생이 붓을 들고 바람에 날리는 시험지를 붙잡기 위해 동분서주하고 있었기 때문이다.

장유중은 그 서생을 보며 혀를 찼다.

그 주변에 있던 서생들은 재빨리 자신의 답문지를 가렸다.

그 서생이 엿보는 것을 방지하기 위해서였다.

더욱이 붓을 들고 날뛰는 바람에 먹물이 튈 염려도 있었다.

모두가 인상을 찡그린 가운데, 이리저리 날뛰던 서생이 답문지를 잡고 자리에 겨우 앉았다.

멀찌감치 일어난 일이지만, 장유중은 그 서생의 답지 앞부분을 확인할 수 있었다.

답지는 자(子)에서부터 시작되었다.

물론 다른 이라면 그 문장을 못 보았을 것이었다.

하지만 장유중이 누구던가.

시력 하나만은 강호인만큼 발달한 자였다.

만류귀종이라는 말 그대로였다.

다른 학자들은 이 나이면 눈이 침침해지지만, 장유중은 도리어 눈이 밝아졌다.

장유중이 낸 시제는 왕에서부터 신하 그리고 자식의 도리를 어떻게 풀어 나가야 하느냐의 관계론이었다.

얼핏 본 첫 문장은 정답에 이르기에는 턱없이 부족했다.

장유중은 한숨을 내뱉으며 시선을 돌렸다.

모두의 시선을 모았던 서생은 겨우 답지를 잡았다.

그 서생은 답지를 바닥에 내려놨다.

상황이 일단락되자 사람들은 눈을 돌렸다.

답지를 내려놓은 그 서생은 붓을 놨다.

누가 봐도 포기한 모습이다.

근처에서 지켜보던 관졸조차 그가 포기했다고 생각하고 조소를 보냈다.

하지만 그 서생 앞에 있는 답지에는 이미 문장이 빼곡하게 작성되어 있었다.

물론 그 서생은 바로 한빈이었다.

한빈은 만족스러운 눈으로 답지를 바라봤다.

답문지가 허공에 흩날리는 순간 한빈은 붓을 놀려 문장을 작성했다.

바람에 날리는 종이 위에 문장을 적는다는 것은 아무도 상상하지 못할 일이었다.

그것은 마치 흩날리는 꽃잎에 수를 놓는 것과도 같은 일이었다.

한빈은 순수하게 전광석화만을 사용해서 눈 깜짝할 사이에 문장을 답지 위에 적었다.

모든 것이 유유자적의 효용성을 시험하기 위함이었다.

한빈은 만족할 만한 성과를 얻었다.

이런 소란을 피웠는데도 아무도 자신을 알아보지 못했다.

이 관청에는 절정의 고수도 두 명 있었다.

이곳의 호위를 위해 현감이 의뢰한 자들이었다.

그들조차 한빈이 무공을 쓴 것을 알아채지 못했다.

한빈은 소란을 피우면서 유림 서원의 유생들이 담장 너머에 있다는 사실도 알아챘다.

그들에게조차 정체를 숨길 수 있었던 것.

강호인뿐 아니라 일반인 사이에도 숨어들 수 있다는 것을 증명한 셈이다.

증명을 마쳤으니 한빈이 이곳에 더 있을 이유는 없었다.

옆쪽에 보이는 작은 돌멩이 하나를 답문지에 올려놓은 한빈은 구걸십팔보를 펼쳤다.

사사삭.

한빈은 낙엽 밟는 소리만 남기고 사라졌다.

그 동작이 어찌나 은밀한지 한빈이 사라진 것을 알아채는 이는 아무도 없었다.

한빈이 있던 자리에는 마치 처음부터 아무도 없었던 것처럼 온기도 남아 있지 않았다.

잠시 후, 향시가 끝나 가고.

답문지를 제출한 응시생들이 천천히 걸어 나왔다.

재미있는 것은 먼저 나오는 서생들의 표정이 그리 좋지 않다는 점이다.

그도 그럴 것이, 조금이라도 자신의 써낸 문장에 자신 있는 서생들은 몇 번씩 다시 답을 검토하기 마련이었다.

그때였다.

하북팽가의 서기들이 약속이나 한 듯이 일어났다.

담장 밖에서 그들의 모습을 본 유림 서원의 유생들이 안도의 한숨을 내쉬었다.

"조마조마했는데 무사히 끝났군."

"그래, 무사히 끝났어."

"저런 대우를 받고도 신경질 한번 안 내다니, 역시 수련이 효과가 있었던 것이 분명하군."

유생들은 안타까운 눈빛으로 밖으로 나오는 서기들을 바라봤다.

그도 그럴 것이 답문지를 낸 시점이 너무 빨랐다.

거기에 더해 그들은 동시에 답을 제출했다.

즉, 그저 시험을 봤다는 구색만 갖췄을 가능성이 컸다.

그때 그들 사이에서 누군가가 목소리를 높였다.

"무슨 일이라도 나길 바랐습니까?"

그 목소리에 유생들의 눈이 커졌다.

어딘가 많이 익숙한 목소리였기 때문이다.

가장 먼저 고개를 돌린 것은 양석봉이었다.

상대를 확인한 양석봉은 입을 크게 벌렸다.

상대는 다름 아닌 한빈이었다.

한빈이 그들 앞에서 빙긋 웃고 있었던 것.

양석봉은 본능적으로 소리쳤다.

"앗, 자네가 여긴 웬일인가?"

"허허, 누가 보면 나는 여기 오면 안 되는 사람인 줄 알겠습니다."

"그, 그게 아니라……."

"표정을 보니 꼭 무슨 음모를 꾸미다 들킨 사람 같습니다?"

"허허, 벼락 맞을 소리를 하는군. 우리는 팽가의 서기들을 응원하러 왔다네."

"하하, 저도 농담입니다. 저 앞쪽에 음식을 잘하는 곳이 있으니 요기나 하고 가시지요."

"그럼 체면 차리지 않고 얻어먹겠네."

"점심은 제가 살 테니 이따 참은 양 유생님이 사시지요."

"좋네."

양석봉이 활짝 웃으며 고개를 끄덕였다.

그들은 밖으로 나오는 하북팽가의 서기들을 맞았다.

⁂

잠시 후.

관청에서는 관졸들이 응시생들이 낸 답지를 정리하고 있

었다.

먹이 잘 말랐는지를 확인하고 낸 순서대로 쌓았다.

이번에 온 응시생이 꽤 많아서인지 그들이 모아 놓은 답지는 금세 산처럼 쌓였다.

그것을 보고 있던 채점관들은 눈을 가늘게 뜨며 현감을 바라봤다.

현감이 고개를 끄덕이자 채점관들이 미소로 답한다.

그들은 뽑아야 할 응시생 중 반수 정도의 이름을 머릿속에 넣고 있었다.

그 반수를 뽑고 나서 나머지 인원에서 실력순으로 뽑으면 되었다.

장유중은 그들의 무리에 끼지 않고 조금 떨어진 곳에서 산더미처럼 쌓인 답지를 바라보고 있었다.

한참을 바라보던 장유중은 고개를 갸웃했다.

넓은 관청 마당에 팔랑거리는 종이를 보았기 때문이다.

그는 재빨리 관졸을 불러 그 답지를 가져오게 했다.

하지만 확인은 하지 않았다.

관졸이 산더미처럼 쌓인 답지 위에 그 답지를 올려놓는 것을 지켜만 보았다.

잠시 숨을 돌린 채점관들은 조용히 답지를 확인하기 시작했다.

그들의 채점 방법에 장유중은 고개를 갸웃했다.

보통은 누가 봐도 기준점 아래인 답지의 경우 불통(不通)이라 표시해서 탈락시킨다.

그리고 계속해서 답지를 걸러 낸 후에야 남은 답지 중 우열을 가린다.

그때부터는 세세하게 점수를 매겨야 한다.

그런데 그들은 어떤 답지는 확인도 하지 않고 점수를 매기고 있었다.

아마 확인했다면 겨우 이름 정도만 확인했을 시간이었다.

뭐지?

장유중이 눈을 가늘게 뜨고 있을 때였다.

채점관들이 수염을 쓸어내리며 매의 눈으로 답지를 바라보기 시작했다.

그때부터는 정상적으로 채점이 들어갔다.

당연히 떨어뜨려야 할 답지에는 불통을 주어 따로 보관했다.

그 모습에 장유중은 지금 상황을 눈치챘다.

급제시켜야 할 응시생부터 추려 낸 것이 분명했다.

하지만 약속은 약속이었다.

장유중은 더는 이번 향시에 관여하지 않았다.

그는 대신 품속에서 호리병 하나를 꺼냈다.

한빈이 준 백아주였다.

일단 자신이 한빈을 감시하기 위해 이곳에 온 것은 잘했다는 생각이 들었다.

이쯤 되자 한빈이 술수를 부리지 않은 것이 조금 섭섭하기도 했다.

장유중이 자리에서 일어났다.

그 모습에 현감이 다급히 달려왔다.

"어딜 가십니까?"

"오랜만에 구경 잘했네. 나는 그만 가 보겠네."

이 말은 진심이었다.

사실 답지에 관여하지 않는다고 해도 이미 모든 답지를 한 번 살펴봤던 그였다.

관졸이 답지를 정리할 때 이미 장유중은 채점을 끝냈다.

머릿속에는 장원부터 마지막 급제자까지 모든 이름을 넣어 놓은 상태.

나중에 결과가 나오면 비교해 보면 될 터였다.

"그냥 가시면 서운……."

현감은 말끝을 흐리며 품속에 손을 넣었다.

그때였다.

채점관들이 웅성거리기 시작했다.

"이건 대체……."

"아니, 이런 답지가 어디서……."

말을 맺지 못하던 채점관들 사이에 대화가 끊겼다.

그 모습에 장유중이 고개를 갸웃했다.

같은 시각, 천수장 아래의 주루.

하북팽가의 서기들은 눈앞에 나온 요리를 보고 눈을 크게 뜨고 있었다.

지금 나온 음식들은 그야말로 진수성찬이었다.

중원에서 맛볼 수 있는 요리는 한곳에 모아 놓은 것 같았다.

한빈이 턱짓하며 서기들을 바라봤다.

"그동안 고생 많았네."

"……."

서기들은 아무 말도 하지 않았다.

그저 멍하니 요리와 한빈을 번갈아 바라볼 뿐이었다.

그들이 놀란 이유는 오늘 자신들이 향시를 무사히 치렀다는 사실 때문이 아니었다.

상다리가 부러질 만큼 차려진 요리 때문도 아니었다.

그들이 진심으로 놀란 이유는 한빈의 따뜻한 말 한마디 때문이었다.

한빈은 더는 말하지 않았다.

포근한 미소로 턱짓할 뿐이었다.

어서 요리를 즐기라는 뜻이었다. 그는 조용히 서기들을 하나하나 살폈다.

그 눈빛을 본 서기들은 자신도 모르게 울컥하는 감정이 들었다.

사실 한빈의 따뜻한 눈길이 향해 있는 곳은 서기가 아니었다.

한빈은 서기들이 품고 있는 구결을 나타내는 점을 보고 있었다.

한빈의 눈에 구결은 사막 한가운데의 우물과도 같았다.

이제 드디어 구결을 나타내는 점들이 완성되었다.

이제 그 점을 추수해야 할 때가 온 것이다.

'지'의 구결은 다른 구결과 다르게 상대의 인정을 받으면 취할 수 있다.

마음에서 우러나오는 승복을 받아야 한다는 것은 마치 비무대 위에서 상대가 패배를 인정해야 승부가 끝나는 것과도 같았다.

그때였다.

한빈의 눈이 커졌다.

허공에 뜬 용린검법이 반짝이기 시작했기 때문이다.

한빈의 시선에 용린검법의 책장이 넘어가더니 심화편이 펼쳐졌다.

[심화편]

[......]

[지(智) : 오십일(五十一)]

갑자기 심화편의 구결 숫자가 변하기 시작했다.

한빈은 다급하게 서기들의 몸에 나타난 점을 확인했다.

그들의 몸에는 전혀 변화가 없었다.

그때 다시 구결의 숫자가 올라갔다.

[지(智) : 오십이(五十二)]

구결의 숫자가 올라간다는 것은 두 팔 벌려 반길 일이었
다.

문제는 그 원인을 알 수 없다는 것이다.

과연 이 원인이 무엇일까?

한빈이 고민하는 중에도 구결의 숫자는 계속 올라갔다.

[......]

[지(智) : 오십구(五十九)]

올라가는 숫자는 멈출 줄을 몰랐다.

고민도 잠시, 한빈은 활짝 웃었다.

누군가 자신에게 비싼 영약을 떠먹여 준다는데, 마다할 무인이 어디 있을까?

물론 상대의 의도가 무엇인지 몰라 꺼릴 수는 있다.

지금은 그 상대가 누군지도 모르는 상황.

그럼에도 구결이 이렇게 들어온다는 것은 감사할 일이었다.

변화무쌍한 한빈의 표정을 본 장문수가 조심스럽게 물었다.

"공자님, 대체 무슨 일이십니까?"

"흠, 자네들이 자랑스러워서 그렇지. 그동안 고생 많았네."

"아닙니다. 저는 이번 공부를 통해 우물 안의 개구리가 얼마나 무서운지를 알았습니다."

"개구리가 무섭다니……. 그게 무슨 말이지?"

"우물 안의 개구리는 우물이 바다인 줄 착각하니 말입니다. 제가 바로 우물 안의 개구리였습니다. 앞으로도 가르침 달게 받겠습니다."

장문수가 고개를 숙이자 다른 서기들도 같이 고개 숙였다.

그 모습에 한빈이 웃었다.

"이제 며칠 뒤면 가문으로 복귀하는군. 그런데……."

한빈이 말끝을 흐리자 장문수가 다급히 말했다.

"계속 말씀하시지요. 새겨듣겠습니다."

"이번 향시에 급제하면 가문을 떠나야 할 것이 아닌가?"

"공자님, 제가 합격할 것이라고 보십니까?"

"자네의 문장에서 급제하고 남을 실력을 확인했네."

"그, 그게 무슨 말씀입니까? 저희가 쓴 문장을 어떻게 아십니까?"

장문수가 눈을 크게 뜨고 있을 때였다.

그의 옆에서 눈처럼 하얀 신형이 나타났다.

순간 장문수가 놀라 몸을 뒤로 젖혔다.

의자와 함께 넘어지려고 하는 순간 하얀 신형이 그를 잡았다.

"아저씨, 왜 그렇게 놀라세요?"

"서, 설화구나!"

그 신형의 정체는 바로 설화였다.

설화는 당과 꼬치를 들고 방긋 웃고 있었다.

설화가 이렇게 등장한 것은 처음이 아니었기에 장문수도 이제는 그러려니 하고 웃었다.

설화가 이 정도로 고수라는 것은 천수장에 와서야 알았다.

하지만 천진난만한 설화의 모습에 장문수는 그녀를 이전처럼 대하고 있었다.

설화를 본 장문수는 고개를 끄덕였다.

그녀의 무공이라면 답지의 내용을 아무도 모르게 살폈을 수도 있었다.

그때 설화가 말했다.

"공자님은 아마도 비밀이라고 하실 거예요."

"하하, 궁금하지 않구나. 나는 이미 비밀을 찾은 것 같다, 설화야."

"정말로요?"

"뭐, 지금은 그게 중요하지 않은 것 같다만은……."

"중요한 게 뭔데요? 서기 아저씨."

"향시에 합격해도 우리는 당분간은 가문을 떠나지 않을 거란다."

말을 마친 장문수는 한빈이 있는 곳으로 시선을 돌렸다.

그는 한빈을 향해 고개를 조아렸다.

그러고는 자그마한 목소리로 말을 이었다.

"주군."

장문수의 말에 주변에 있던 서기들도 고개를 숙였다.

"주군으로 받들겠습니다."

그들의 말은 진심이었다.

세상을 살며 자신을 인정해 주는 자도.

자신의 능력을 일깨워 주려는 자도 없었다.

그들의 마음은 향시의 결과와 상관없었다.

죽기 아니면 까무러칠 정도로 누군가를 밀어붙인다는 것은 웬만한 정성이 아니고서야 할 수 없는 일이었다.

그들이 보내는 눈빛에는 존경심이 담겨 있었다.

순간 그들의 몸에 나타난 점이 희미해지기 시작했다.

그들의 몸에 있던 점들이 허공에 뜬 용린검법에 흘러들어온다.

그 점들은 용린검법 안에서 구결이 될 터였다.

그 순간 구결의 숫자가 더욱 빠른 속도로 올라갔다.

같은 시각.

한빈보다 더 놀란 이가 있었다.

그것은 바로 장유중이었다.

하지만 겉으로 티를 내지는 않았다.

그저 조용히 채점관들의 가운데 있는 답지를 바라볼 뿐이었다.

가장 먼저 눈에 들어오는 것은 바로 필체였다.

서체에서 마치 빛이 흘러나오는 듯한 착각이 들 정도였다.

화려하면서도 단아하며 획 하나하나가 살아 있는 듯 보였다.

이 필체는 분명 어디선가 본 적이 있었다.

그것도 최근에 말이다.

저 종이에 쓰인 필체는 다름 아닌 한빈의 흔적이었다.

더 놀라운 것은 그 문장이 자(子)로 시작했다는 점이었다.

순간 장유중의 머릿속이 멍해졌다.

바람에 날리는 답지를 잡으려고 동분서주 움직이던 바로

그 서생의 정체가?

순간 장유중은 입꼬리를 올렸다.

이 답지가 어떤 결과를 만들지는 모르겠지만, 지금 현감과 채점관들을 당황하게 만든 것은 분명했다.

자초지종은 천수장으로 돌아가서 물어보면 될 터.

장유중은 조용히 현감과 채점관을 바라봤다.

현감과 채점관은 가운데 놓인 답지를 보고 어깨를 가늘게 떨었다.

이 정도의 문장은 이제껏 본 적이 없었다.

거기에 문장은 어떠한가?

군신과의 관계와 부모와 자식 간의 관계를 의무가 아닌 권리로 표현하고 있었다.

이런 식의 논리는 이제껏 본 적이 없었다.

문제는 이 논리에 반박할 방법이 없다는 점이었다.

이 답지가 장원이 되어야 할 것은 분명했다.

하지만 이미 장원은 내정되어 있는바.

그렇다고 이대로 덮기에는 문장 자체가 너무 대단했다.

이런 문장을 쓸 수 있는 자가 속해 있는 가문이라면 필시 보통 가문이 아닐 터였다.

그때였다.

채점관 중 하나가 외쳤다.

"이름이 없소이다!"

"그게 무슨 말입니까?"

현감이 다급히 묻자 채점관이 답지의 아래를 가리켰다.

순간 현감의 눈이 커졌다.

채점관의 말대로 그곳에는 응시생의 이름이 없었다.

장원을 주려 해도 줄 수 없다는 말이었다.

일단 장원을 주지 않아도 된다는 명분이 생기자 현감은 그 문장을 편한 마음으로 볼 수 있게 되었다.

순간, 현감의 눈이 더욱 커졌다.

마음을 정리하자 그 문장이 더 대단하게 보였다.

그들은 그 후 한참 동안 문장을 감상했다.

그때 채점관 하나가 말했다.

"아무래도 이름이 없으니 장원의 자리는 줄 수 없지 않습니까?"

"그럼 어떻게 하는 것이 좋겠습니까?"

다른 채점관이 미간을 좁혔다.

그러지 않아도 답지에 대해 감복하면서도 찝찝한 마음을 감출 수 없었기에 모두가 귀를 쫑긋했다.

"이 문장을 황궁으로 올리는 게 좋지 않겠습니까?"

"그거 좋은 생각입니다."

모든 채점관이 그의 말에 동의했다.

그들의 말에 현감도 고개를 끄덕였다.

"자도 찬성하는 바입니다."

만약 이 답지가 고위 관료나 황궁과 관계된 자가 쓴 것이라면 나중에 사달이 날 수도 있었다.

그러니 일단 보고부터 하는 것이 나중에 일어날지 모르는 분란을 막을 수 있을 것.

그렇게 답지에 대한 논의는 마무리되었다.

정신을 차린 현감은 장유중의 존재를 기억해 냈다.

그는 다시 품을 뒤져 두둑한 전낭을 꺼냈다.

전낭을 쥐고 주변을 두리번거린 현감은 고개를 갸웃했다.

장유중이 사라졌기 때문이다.

❧

향시가 끝난 지 이틀 뒤.

마치 아무 일도 없었다는 듯 천수장의 아침이 밝았다.

그들은 아침 일찍 식사를 챙기고 천수장을 나섰다.

그들이 도착한 곳은 관청의 담벼락이었다.

관청의 담벼락에는 향시 합격자가 굵직한 글자로 쓰여 있었다.

하북팽가의 서기들은 천천히 담벼락으로 걸어갔다.

한빈과 장유중 일행도 담벼락으로 향했다.

이번 향시는 서기들에게만 중요한 것이 아니었다.

한빈과 장유중의 내기도 걸려 있었다.

거기에 더해 유림 서원에서 온 유생들 사이의 내기도 있었다.

담벼락 앞에는 발 디딜 틈 없이 서생들이 모여 있었다.

대부분의 서생은 고개를 푹 숙인 채 발길을 돌렸다.

드디어 앞까지 간 장문수와 서기들이 눈을 가늘게 떴다.

담벼락을 확인하던 장문수의 눈이 커졌다.

나머지 서기들은 눈을 크게 뜨고 장문수를 바라봤다.

그러고는 다시 담벼락으로 시선을 집중하기 시작했다.

고개를 위아래로 움직이던 서기들의 눈빛이 흔들렸다.

동시에 그들은 고개를 푹 떨구었다.

그것도 잠시, 그들의 눈빛은 바로 살아났다.

그들은 알 수 없는 미소를 짓고 있었다.

그들의 모습에 한빈이 장유중을 바라봤다.

"제가 졌군요. 내기는 내기이니 약속은 지키겠습니다."

예상했던 바였다.

향시에서는 실력만으로는 급제할 수 없었다.

운이라는 것이 따라야 했다.

물론 운 중에는 부모 잘 만난 운이 가장 클 수밖에 없었다.

어찌 보면 절반의 성공이었다.

담벼락에는 서기 중 하나의 이름만이 적혀 있었다.

바로 장문수였다.

만약 실력대로라면 장문수는 하북팽가에 서기로 들어오기

전 급제했어야 했다.

다행히 장문수는 이번 향시 맨 끝자락에 겨우 이름을 올려 놨다.

한 명이라······.

한빈은 이번 내기에서 진 것이다.

하지만 내기에 이기면 이기는 대로 지면 지는 대로 한빈은 계획이 있었다.

한빈의 표정을 본 장유중이 수염을 쓸어내리며 웃었다.

"하하, 내기는 내가 졌네."

"그게 무슨 말씀입니까?"

한빈이 눈을 크게 떴다.

결과가 이렇게 명백히 나왔는데, 자신이 졌다고 하는 장유중의 모습은 누가 봐도 이상했다.

서기들도 둘 사이의 내기는 알고 있었다.

자연스레 그들도 한빈과 장유중의 대화에 집중했다.

유림 서원에서 온 유생들도 마찬가지였다.

모두의 시선이 모인 가운데 장유중이 말을 이었다.

"나는 향시에서 모든 답지를 확인했네. 내 기준으로라면 여기 있는 서기들 모두 급제여야 했네······. 그래서 제안 하나 하겠네."

"······."

서기 중 답하는 이는 없었다.

그들은 모두 멍하니 장유중을 바라봤다.

평상시라면 눈도 마주하지 못할 장유중이었다.

대학자인 장유중이 제안을 한다니?

서기들은 눈도 끔뻑일 수 없었다.

그들이 못 참겠다는 듯 마른침을 삼킬 때, 장유중이 말을 이었다.

"앞으로 삼 년 뒤! 자네들을 유림 서원으로 부르겠네. 학장으로서 보내는 제안이네."

장유중의 말에 모두의 눈이 커졌다.

그도 그럴 것이, 유림 서원의 유생들은 향시에 급제한 것과 같은 신분을 지닌다.

입학 통보만으로 향시에 통과했다는 것이다.

모두가 멍하니 있을 때였다.

한빈이 조심스럽게 물었다.

"현감과의 내기는 어떻게 하시렵니까?"

"그걸 어떻게 알았는가?"

장유중이 의미심장한 미소를 지으며 말했다.

"약속은 약속이니 지켜야지."

그 웃음에 한빈이 멋쩍게 웃었다.

"설마……."

"그 설마가 맞을 것이야, 하하."

장유중이 기분 좋게 웃었다.

한빈은 장유중의 계획을 알 것 같았다.

약속을 지킨다는 것은 진심이지만, 딱 거기까지일 것이다.

약속은 지키되, 현감을 철저하게 조사할 것이 분명했다.

조사가 끝나고 나면 그를 지탱해 줄 재물과 인맥이 다 떨어져 나가리라는 것은 안 봐도 훤했다.

한빈은 조용히 허공을 올려다봤다.

올라가는 속도는 줄긴 했어도, 심화편의 구결은 아직도 계속 늘어나고 있었다.

한빈은 속으로 혀를 찼다.

'이렇게 쉬운 일이었다면, 그 고생을 안 했을 텐데!'

한빈은 조용히 하늘을 바라보며 생각에 빠졌다.

이제 남은 판돈을 수금해야 할 때였다.

한빈에게 중요한 것은 진짜 돈보다는 구결이었다.

한빈이 바라보는 하늘의 한쪽에는 계속 심화편, 그것도 지의 구결을 나타내는 숫자가 계속 변하고 있었다.

그 숫자는 잊을 만하면 변하고 있었다.

[심화편]

[……]

[지(智) : 칠십구(七十九)]

심화편의 구결만 보면 절로 웃음이 튀어나왔다.

옆에서 보던 양석봉이 물었다.

"팽 유생! 무슨 좋은 일이라도⋯⋯?"

"비밀입니다."

한빈이 활짝 웃자 양석봉은 마주 웃었다.

모두는 서로를 바라보며 너털웃음을 터뜨렸다.

비밀이라며 대답을 회피하는 모습이 너무 당연해 보였다.

같은 시각, 북경의 한 검문소.

용린검법 중 심화편의 변화에 영향을 끼친 것은 생각지도
못한 상황이었다.

"나도 좀 보면 안 되겠나?"

"허, 안 되네. 이 족자는 황제 폐하께 바칠 족자이네."

"세상에 둘도 없는 명필이라 들었네. 그 서체를 내 눈으로
확인 못 한다면 난 집에 가서도 잠을 청하지 못할 것이네."

"그래도 안 되네. 누구에게도 보여 줄 수 없네. 여기에 밀
봉된⋯⋯."

"밀봉이 없지 않은가? 그리고 아무도 본 자가 없다면 어떻
게 내가 그 족자 속 글이 명문에 명필인 줄 알겠는가?"

"허, 그러고 보니 그렇군. ⋯⋯그럼 빨리 보고 다시 넣어

놓게."

"알았네."

두건을 쓴 학사가 입맛을 다시며 대나무 통에 든 족자를 꺼냈다.

이것은 한빈의 문장을 족자로 만든 것이다.

그냥 황궁으로 보내면 다른 서찰과 섞일 수 있기에 현감이 특별히 지시한 것이다.

이 족자는 학자들 사이에 제법 소문난 상태였다.

학자들 사이의 소문은 적토마보다 더 빠르다는 속담이 있다.

그 말은 진실이었다.

이 족자가 북경에 도착하기도 전에 제법 명성 있는 학자들은 목이 빠지도록 진상 물품을 기다리고 있었다.

이 족자를 감상하는 것이 북경의 학자들 사이에서는 유행처럼 번져 나갔다.

이것이 바로 한빈이 뜻하지 않게 구결을 쌓을 수 있었던 원인이었다.

세 시진 후.

천수장 근처의 다루 이 층.

향시 급제자의 목록을 확인하고 온 그들은 다루에서 모처럼 한적한 시간을 보내고 있었다.

마치 시간이 멈춘 것 같은 장면이 계속되었다.

찻잔 위에 희미하게 일렁이는 김이 아니라면 시간이 멈춘 풍경화 속이라고 해도 될 정도였다.

한빈도 마찬가지였다.

서기들, 유림 서원의 유생들과 함께 있었지만, 한빈은 먼 산을 바라보며 상념에 잠긴 듯했다.

그 모습에 다른 이들도 한빈을 따라 먼 산을 바라봤다.

저 멀리 보이는 산에 어떤 깨달음이라도 있을지 모른다는 오해 때문이었다.

물론 한빈이 바라보는 것은 먼 산이 아니었다.

한빈은 정확하게 용린검법의 구결을 보고 있었다.

심화편의 한계인 백에 도달하는 것은 시간문제였다.

[지(智) : 팔십일(八十一)]

백에 도달한다면 분명 어떤 변화가 생길 터.

호기심이 턱밑까지 차올랐다.

한빈은 올라가는 구결의 숫자를 보다가 이내 고개를 돌렸다.

이제 마지막 판돈을 수금해야 할 때였다.

한빈은 장문수에게 물었다.

"아버님은 잘 계시는가?"

"네?"

장문수는 갑작스러운 질문에 말문이 막혔다.

자신이 집안 사정을 살짝 털어놓기는 했어도 한빈이 이런 질문을 던진 적은 한 번도 없었기 때문이다.

"그때 아버님이 가족과 싸우고 가문을 나오셨다고 했지? 그리고 이름까지 바꾸셨다고 하지 않았는가?"

"그건……."

장문수는 말끝을 흐렸다.

한빈에게 털어놓기는 했어도 이렇게 공개적인 자리에서 밝히고 싶지는 않았다.

"자네는 내게 빚이 있지 않은가?"

"빚이라면 당연히……."

뒷말은 생략했다. 너무도 당연한 일이었다.

한빈에게는 평생 갚아도 다 갚지 못할 빚이 있었다.

학문의 성취가 아니었다.

세상을 보는 안목이 달라졌다.

그리고 학문에 접근하는 방식도 달라졌다.

어제서야 그는 깨달았다. 자신을 비롯한 하북팽가의 서기들이 반찬으로 먹던 무말랭이가 세상에 둘도 없는 영약이라는 것을.

직계도 아닌 흔하디흔한 가문의 일꾼에게 그런 영약을 나눠 주는 자가 어디 있단 말인가?

그러고 보니 그의 고질병인 어깨 통증도 사라진 상태였다.

친구인 조일순도 언제부턴가 허리의 통증이 사라졌다고 한다.

한빈은 처음 공헌한 대로 건강한 육체를 만들어 준 것이다.

아무리 맑은 물을 담아도 그릇이 깨끗하지 않으면 오래 보존할 수 없는 법.

이제 튼튼한 그릇을 얻었으니 앞으로 할 수 있는 일은 무궁무진했다.

장문수는 물론 조금 더 욕심을 내 볼 생각이었다.

그 욕심이란 한빈의 옆에서 가르침을 받는 것이었다.

그때 한빈이 말했다.

"자네의 아버님이 자네 손을 잡고 나올 때 문 앞에 갈지(之)로 꺾인 노송이 있었다고 하지 않았나?"

"네, 맞습니다. 다른 것은 기억 못 해도 그 노송만은 똑똑히 기억합니다. 그런데 그건 왜……."

장문수는 말을 맺지 못했다.

옆에서 대화를 지켜보던 장유중의 눈빛이 바뀌었기 때문이다.

그 눈빛이 얼마나 묘한지 계속 말을 이을 수 없었다.

장유중의 눈빛은 한없이 떨리고 있었다.

그의 어깨도 눈빛을 따라 한겨울의 사시나무처럼 파르르 떨리고 있었다.

그 모습을 보던 한빈은 다른 서기들에게 눈짓했다.

그 주변을 둘러싸고 있던 유림 서원의 유생들에게도 눈짓했다.

그들의 눈에는 호기심이 한가득이었다.

한빈이 다시 눈짓하자 그들은 마지못해 자리에서 일어났다.

한빈은 그들을 데리고 다루에서 나왔다.

창가에 얼핏 비치는 장유중과 장문수의 그림자를 확인한 한빈은 조용히 고개를 돌렸다.

그 모습에 조일순이 다급히 다가와 물었다.

"어떻게 된 일입니까? 주군."

"조금 있으면 저들이 이야기를 끝내고 올 터이니, 그때 직접 듣도록."

"네, 알겠습니다. 주군."

조일순이 포권했다.

한빈의 머릿속에는 저들 사이에서 오갈 대화가 대충 예상되었다.

장유중이 하북에 온 목적은 이미 달성되었다.

그 이후의 이야기들은 한빈도 알 수 없다.

앞으로 그들이 만들어 가야 할 이야기니까.

이틀 뒤 하북팽가의 가주전.

한빈과 서기들이 가주 팽강위 앞에 각을 잡고 서 있었다.

가주 팽강위는 난데없는 그들의 분위기에 눈매를 좁혔다.

사실, 가주 팽강위는 잔뜩 기대하고 있었다.

중급 서기 장문수의 향시 급제 소식을 들었던 것.

급제하고도 하북팽가에 남겠다는 충격적인 이야기까지 듣자 서기들의 변화를 눈으로 직접 보고 싶었다.

그런데 지금 눈앞에 있는 서기들은 글공부하는 서생이라고 하기보다는 무사에 가까운 분위기를 뿜어내고 있다.

팽강위는 천천히 그들의 앞으로 걸어가며 살짝 기세를 피워 냈다.

서기들의 반응을 보기 위해서였다.

팽강위가 고개를 갸웃했다.

예전이라면 이 정도의 기세만 피워 내도 움찔거렸던 그들이었다.

그런데 지금은 이리 기세를 피워 냈는데도 반응이 없었다.

그들의 앞에 선 팽강위가 한빈에게 시선을 돌렸다.

"고생했구나. 그런데 어째 이번 향시에서 급제했다는 장서기는 보이지 않는구나."

"잠시 집에 들른다고 해서 휴가를 주었습니다."

"아쉽구나, 쩝."

팽강위가 입맛을 다셨다.

이것은 그의 진심이었다.

그때였다.

가주전의 문이 열렸다.

모두의 시선은 자연스럽게 문이 있는 곳으로 돌아갔다.

그곳에는 장유중이 서 있었다.

장유중은 며칠 전 하북팽가를 떠난 후 원로와 각주 들에게 잊힌 상태였다.

떠난 줄 알았던 그가 갑자기 나타난 것은 누구도 예상치 못한 일이었다.

원로와 각주 들은 장유중을 바라보고 말을 멈췄다.

장유중의 분위기가 조금 이상했기 때문이다.

무림인만 기세를 뿜는 것이 아니라는 것을 원로와 각주는 장유중을 통해 알았다.

장유중은 평소와 다르게 학자만의 깐깐한 기세를 내뿜고 있었다.

그때 장유중이 천천히 걸어왔다.

동시에 원로과 각주 들이 뒤쪽으로 물러나며 길을 터 주었다.

무림인들에게 장유중은 거리감이 있는 존재였다.

거기에 장유중의 표정이 굳어 있는 듯 보이자 분위기는 급

속도로 얼어붙었다.

팽강위만이 고개를 갸웃하며 장유중을 바라보고 있을 뿐이었다.

장유중이 팽강위 앞에 서자 거대한 두 산이 마주 보고 있는 착각이 들 정도였다.

모두가 긴장하고 있을 때 장유중이 손을 내밀었다.

장유중이 학자라는 것도 잊은 채 원로와 각주 들이 비명을 내질렀다.

"멈추⋯⋯!"

원로와 각주 들은 말을 맺지 못하고 얼어붙었다.

장유중이 팽강위의 손을 잡았기 때문이다.

사실 저렇게 손을 잡는 것 자체가 무인에게는 무례였다.

모두가 이 상황이 황당하다는 듯 보고 있을 때였다.

장유중이 드디어 입을 열었다.

"정말 고맙소, 가주."

"무슨 일인지요?"

팽강위가 조심스럽게 물었다.

"가주 덕에 내 평생소원을 풀었소이다."

"제 덕이라니, 그게 무슨 말씀입니까?"

"가주가 팽 유생을 낳았으니 그게 가주 덕이지 않고 무엇이겠소!"

장유중은 한마디 한마디에 힘을 주었다.

덕분에 원로와 각주 들의 표정은 시시각각 변하였다.

대학자 장유중이 가주의 손을 꼭 잡고 저리 고마워하는 것이 사 공자 때문이라니!

아무리 생각해도 무슨 말인지 알 수 없었다.

누군가 한빈을 바라보며 혼잣말을 뇌까렸다.

"대체 사 공자는……."

동시에 모두의 시선이 한빈에게 돌아갔다.

한빈은 언제나처럼 가주전의 열린 창으로 먼 산을 바라보고 있었다.

허허롭게 상념에 잠긴 한빈을 본 접객당주가 작게 속삭였다.

"상단전이 열린 것이 분명해……."

"허허, 가문의 복이로구나!"

그들의 말에도 한빈은 계속 허공을 바라보고 있었다.

[강호에 흩어진 인연을 찾았습니다. 그로 인해 구결을 획득했습니다.]

급보

용린검법의 글귀가 계속 이어졌다.

[용안으로 구결을 확인합니다.]
[알 수 없는 구결을 획득하셨습니다.]
[알 수 없는 구결 : 삼(三)]

알 수 없는 구결이 하나 더 늘어났다.

알 수 없는 구결이라는 말처럼 쓰임은 알 수 없었지만, 한빈의 눈에는 왠지 저 알 수 없는 구결이 든든해 보이기만 했다.

한빈은 자신을 향한 뜨거운 시선을 알아채지 못한 채 다시심화편의 구결을 확인했다.

[지(智) : 구십이(九十二)]

구결을 확인한 한빈은 입맛을 다셨다.

오늘 아침부터는 구결의 숫자가 저 상태로 멈춰 있었다.

뜻하지 않게 아흔 개를 넘긴 것은 분명 이득을 본 것이 맞았다.

그런데 묘하게 아쉬운 느낌이 드는 것은 왜일까?

그때 다시 숫자가 올라가기 시작했다.

[……]

[지(智) : 백(百)]

숫자는 정확히 백에서 멈췄다.

심화편 구결의 한계인 백에 도달한 것이다.

한빈의 눈앞에 떠 있던 용린검법이 빛났다.

한빈은 재빨리 허공에 떠 있는 용린검법을 확인했다.

책장의 가장자리가 황금빛으로 빛났다.

아마 이번 깨달음으로 인한 효과 같았다.

순간 글귀가 하나 나타났다.

[초식 일목요연(一目瞭然)에 대한 새로운 쓰임을 발견했습니다. 확인
하시겠습니까?]

일목요연은 상대의 무공을 분석하는 초식이었다.

새로운 쓰임이라니?

지의 구결을 한계까지 획득했지만, 난데없는 글귀였다.

그것도 잠시, 글귀를 본 한빈은 당연히 고개를 끄덕였다.

당연히 지금 확인하는 것이 맞았다.

순간 제법 긴 설명이 나타났다.

[일목요연이 지(智)의 구결과 연동됩니다. 연동에 성공했습니다. 일목
요연을 지의 구결과 함께 사용하면 시전자가 본 경험을 일목요연하게 정
리할 수 있습니다. 지의 구결 서른 개를 소모합니다. 소모된 지의 구결은
열두 시진 후 복구됩니다.]

시전자의 경험이라?

경험을 정리한다는 것이 과연 무엇일까?

한빈의 머릿속에 의문이 스쳐 지나갔다.

그 뜻을 알 수 있는 방법은 하나였다.

그것은 일목요연의 또 다른 효능을 직접 사용해 보는 것이
다.

한빈은 조용히 눈을 감았다.

'일목요연.'

지의 구결을 이용해 일목요연을 사용하는 동시에 전생의
기억 중 일부를 떠올렸다.

동시에 설명처럼 지의 구결 서른 개가 사라졌다.

순간 여기저기서 웅성대는 소리가 들려왔다.

그 목소리는 원로와 가주 들의 목소리였다.

한빈은 아무렇지 않게 일목요연이 보여 주는 장면에 집중했다.

웅성대는 소리는 점점 멀어졌다.

한빈 자신도 모르게 무아지경이 든 것이었다.

물론 이번에 든 무아지경은 무인의 깨달음과는 상관없었다.

한빈이 첫 번째로 살핀 사건은 바로 전생의 기억 중 일부였다.

지의 구결과 연동시켜 일목요연을 실행하자, 지의 구결이 사라지며 전생의 기억 중 일부가 눈앞에 펼쳐졌다.

한빈은 일목요연이라는 뜻을 알 것 같았다.

지의 구결과 연동시키니 모든 사건이 시간 순서대로 정리되고 있었다.

기억 속에서 흩어졌던 사건들이 빠짐없이 시간 순서대로 복원되자, 숨어 있던 진실들이 눈에 보이기 시작했다.

지금 한빈이 확인하고 있는 것은 정사대전이 막 시작되는 시점이었다.

한참 동안 펼쳐졌던 장면이 멈췄다.

한빈은 다시 일목요연을 실행시키려고 하다가 멈칫했다.

눈앞에 펼쳐진 장면들은 빠르게 넘어갔지만, 짧은 시간은 아니었다.

자신의 상태에 걱정하고 있을 가족과 유생들이 조금 걱정되었다.

한빈은 일단 남은 구결을 사용해서 이해가 되지 않았던 기억들을 정리해 보기로 했다.

※

무아지경에 든 한빈을 하북팽가의 원로와 각주 들이 눈을 크게 뜨고 바라봤다.

그것도 잠시, 팽강위가 손가락으로 주변을 가리켰다.

집법당주 팽대위가 고개를 끄덕이며 수하들에게 지시를 내렸다.

호법을 위해 진법을 펼치라는 지시였다.

집법당주의 무사들이 각주들에게 지시를 전했다.

눈 깜짝할 사이에 하북팽가의 원로와 각주가 가주전 밖으로 뛰쳐나갔다.

가주전 밖으로 뛰쳐나간 하북팽가의 무사들은 곳곳에 자리 잡았다.

한빈의 주변만 경계하는 것이 아닌 가주전 전체를 진영으로 삼고 호법을 위해 진을 펼친 것이다.

그들은 하나같이 한빈의 깨달음을 놀라워하고 있었다.

모든 것이 눈 깜짝할 사이에 일어난 일이었다.

유생들은 아직도 영문을 모르겠다는 듯 입을 벌리고 있었다.

한빈이 무아지경에 든 모습보다 일사불란한 하북팽가 무인들의 행동이 더 놀라웠기 때문이다.

그들의 빠른 동작은 살짝 무섭기까지 했다.

누군가는 '저게 강호인인가?' 하며 놀라워했고.

누군가는 그들을 적으로 돌려서는 안 된다는 생각을 하기도 했다.

그때 누군가가 헛기침을 했다.

장유중은 유생들을 바라보며 검지를 입술에 댔다.

소리를 내지 말라는 뜻이었다.

유생들도 그 뜻을 알고 있었다.

무아지경에 들었다는 것이 무엇을 뜻하는지 소문을 들었기 때문이다.

무아지경에 들었다는 것은 무인으로서 벽을 넘는다는 것.

그 순간만큼은 스치는 소리 하나도 깨달음에 방해가 된다고 들었다.

문제는 소리를 내지 않는다는 것이 얼마나 힘든가 하는 점이었다.

팽강위는 하북팽가의 무사들에게만 지시를 내렸을 뿐 다

른 이의 행동에는 일절 관여하지 않았다.

덕분에 지금 가주전에는 가주와 집법당주를 비롯한 일부 수뇌부만 남은 상태였다.

그 상태에서 장유중과 유생들이 가주전에 남겨진 것이다.

물론 서기들도 눈치껏 자리를 피했다.

밖으로 나온 서기 중 조일순은 고개를 갸웃하며 가주전을 바라봤다.

"괜찮을지 모르겠군."

"뭐가 말인가? 저리 호법을 서고 있는데 주군에게 무슨 일이라도 생기겠는가?"

"그게 아니라 장유중 어르신과 유생 나리들이 걱정돼서 말하는 것일세."

"그분들이 왜 걱정이란 말인가?"

"지금 호법을 위한 진을 펼치지 않았는가? 그 얘기는 무아지경에서 깨어나기 전까지는 누구도 밖으로 나오지 못한다는 말이네."

"앗, 그러고 보니……."

서기가 가주전을 바라봤다.

그들이 걱정하는 이유는 간단했다.

무아지경이란 것이 한두 시진 안에 끝나는 경우도 있지만, 길면 사흘 밤낮을 지켜봐야 하는 경우도 있었다.

며칠 정도는 식사와 생리적 현상을 무시할 수 있는 무림인이라면 그 곁을 지킬 수 있지만, 일반 사람이라면 불가능한 일이다.

저기에 갇혀 있다는 것은 고문 그 자체가 될 터였다.

한빈이 눈을 뜬 것은 해가 지고 나서였다.

한빈의 시야에 들어온 것은 닫힌 창문 틈으로 들어오는 달빛이었다.

그때 부드러운 음성이 한빈의 귀를 파고들었다.

"이렇게 경사가 겹치다니…… 축하한다."

"……."

한빈은 멍하니 팽강위를 바라봤다.

팽강위의 눈빛은 부드럽다 못해 녹아내릴 정도였다.

한빈은 눈을 크게 떴다.

기감이 주변으로 확장되며 사람들의 미세한 움직임까지 느껴졌다.

아무래도 지의 구결을 한계까지 채운 효과 같았다.

지의 구결을 한계까지 채우면서 일목요연의 또 다른 효능을 얻는 동시에 기감까지 확대되었다.

이것이야말로 천운.

그때였다.

불안에 떠는 듯한 움직임이 느껴졌다.

한빈은 재빨리 고개를 돌렸다.

그곳에는 안절부절못하는 장유중과 유생들이 있었다.

발을 동동 구르는 것이 누가 봐도 급한 일이 있는 것이 분명했다.

한빈의 시선을 느꼈는지 팽강위도 돌아봤다.

그들의 불편한 기색을 눈치챈 팽강위가 외쳤다.

"어서 장유중 어르신과 유생들을 의당으로……!"

그때였다.

장유중이 다급하게 외쳤다.

"가주, 그건 됐습니다. 움직여도 되면 일단 나가 보겠소이다!"

장유중이 손을 내저으며 가주전을 벗어났다.

그 뒤를 유생들이 따르며 그들은 눈 깜짝할 사이에 자리에서 사라졌다.

마치 한빈이 구결십팔보를 펼친 것같이 동작이 빨랐다.

그 모습에 접객당주가 작게 뇌까렸다.

"저들이 왜 그러는지 아는 분 계시오?"

"아마도 급한 일 때문일 겁니다."

대답한 것은 한빈이었다.

한빈은 어느새 접객당주의 옆에 서 있었다.

깜짝 놀란 접객당주가 물었다.

"그, 그게 무슨 말인가? 사 공자."

"말하기 쑥스러운 급한 일이 생겼음이 분명합니다."

한빈의 말에 접객당주가 그제야 눈을 크게 떴다.

"허허, 우리가 생각지도 못한 실례를 저질렀군."

하북팽가 적혈맹호대의 전용 연무장.

그곳에서 한빈은 장유중 일행과 작별 인사를 나누고 있었다.

"조심해서 가십시오."

"자네가 준 훈련 비법은 꼭 참고하겠네. 진심으로 고맙네."

"아닙니다."

"육체의 한계를 극복하는 것이 학문의 깨달음에 조금 더 수월하게 도달할 수 있다는 건 아무도 생각 못 한 일이야."

그들의 대화에 유생들은 떨떠름한 얼굴로 장유중을 바라봤다.

장유중은 천수장에서 한빈이 서기들을 훈련시켰던 방법을 유림 서원에도 일부 도입하기로 한 것이다.

똥 씹은 표정을 한 유생들에게도 인사를 건넸다.

"그리 걱정하지 마시지요. 다음 기수부터 적용시키겠다고 학장님이 약속하셨습니다."

"허, 그게 정말이요? 팽 유생?"

양석봉이 눈을 크게 뜨며 장유중을 바라봤다.

장유중이 고개를 끄덕이자 여기저기서 탄성이 흘러나왔다.

그 옆에 있던 최유지가 한 발 나와 한빈에게 포권했다.

"약속은 꼭 지키시오, 팽 유생."

"알겠습니다, 최 유생."

한빈도 최유지를 향해 포권했다.

그들이 말한 약속이란 강호의 천하 십대세가처럼 유림에도 비슷한 조직을 만들자는 것이었다.

이름은 죽림 십대세가로 정하기로 했다.

천하라는 거창한 말을 붙이고 싶었지만, 황제를 모시는 관리로서 천하라는 말을 붙이는 것이 불경스럽다는 의견이 있었다.

한빈은 강호와 유림의 세가, 양쪽 모두에 속한 유일한 인물이 되었다.

그들이 새로 결성한 세가 모임이 중원을 어떻게 변화시킬지는 아무도 모르는 일이었다.

하지만 그 의미가 작지 않다는 것은 장유중도 알고 있었다.

서로를 경계하며 눈치 싸움을 하는 것은 강호보다도 관리들이 더했다.

그런데 그들이 파벌에 관계없이 하나로 뭉친 것이다.

이 모임이 계속된다면 중앙 정계에 커다란 변화가 닥쳐올 것은 뻔한 일이었다.

그들이 떠나고 나서야 한빈은 잠시 숨을 돌릴 수 있었다.

한빈은 탁자 위에 쌓인 서찰을 보며 눈을 가늘게 떴다.

그 모습에 설화가 물었다.

"공자님, 왜 안 펴 보세요?"

"불길한 느낌이 들어서."

한빈은 팔짱을 끼고 고개를 저었다.

불길하다는 한빈의 말은 진심이었다.

지의 구결이 한계까지 차고 상단전의 활용이 자유로워지며 나타난 현상이었다.

기감뿐 아니라 예감도 예민해졌다.

여기서 조금 더 발전한다면 저잣거리에 점집을 차려도 될 정도였다.

지금 눈앞에 있는 서찰은 죽림 십대세가에 속한 유생들이 남기고 간 것이었다.

가문에 오라고 하면서 그들은 이 서찰들을 남기고 갔다.

한빈의 감이 저 서찰을 펴 보지 말라고 외치고 있었다. 사실 불길하다기보다는 귀찮음에 가까웠다.

그때 청화가 호기심을 못 참고 서찰 하나를 들었다.

"제가 펴 봐도 돼요?"

"펴 봐도 좋지만, 내게는 얘기하지 말아라."

"네, 공자님!"

청화가 서찰을 펴 보더니 고개를 갸웃했다.

그 모습에 설화가 옆에 붙어 서찰을 같이 확인했다.

설화도 모르겠다는 듯 눈을 가늘게 뜨고 서찰을 뚫어져라
바라봤다.

그도 그럴 것이, 그곳에는 숫자와 매화라는 글자밖에 없었
다.

다른 서찰을 열어 보니 그곳도 마찬가지였다.

다만, 매화가 아닌 모란이라 적혀 있을 뿐이었다.

물론 그 뒤로 펴 본 서찰도 마찬가지였다.

이쯤 되자 가만히 있던 소군도 호기심이 이는지 조심스럽
게 설화의 옆에 붙었다.

서찰을 본 소군이 눈을 가늘게 떴다.

그러고는 한빈과 서찰을 번갈아 봤다.

그 표정을 본 청화가 물었다.

"혹시 뭔가 짚이는 거라도 있는 거야?"

"그게……."

소군은 슬쩍 한빈의 눈치를 봤다.

한빈은 자신과는 아무 관계가 없다는 듯 창문 밖을 바라보고 있었다.

그때 허공을 바라보던 한빈의 시야에 새 한 마리가 들어왔다.

그 새는 하오문의 영물인 조조였다.

어느새 한빈의 옆에 선 설화가 조조를 받았다.

설화가 전서 통을 한빈에게 내밀었다.

"공자님, 여기요."

"고맙구나, 설화야."

한빈은 재빨리 통을 확인했다.

가느다란 대나무 통 위에는 의미심장한 글귀가 적혀 있었다.

급(急)

한빈은 미간을 좁히며 재빨리 쪽지를 꺼냈다.

내용을 확인한 한빈은 잠시 근래의 기억을 더듬어 봤다.

그러고는 일목요연을 실행했다.

순간 근래의 기억과 맞물린 장면들이 시간순으로 펼쳐졌다.

잠시 무아지경에 들었던 한빈이 눈을 떴다.

설화가 한빈을 걱정스러운 표정으로 바라봤다.

"공자님, 괜찮으세요? 무슨 내용인데 그렇게······."

"여기 직접 보는 게 좋겠구나."

한빈이 쪽지를 펼쳤다.

경계(儆戒) - 정(正), 마(魔)

짧은 문장이었지만, 기겁할 수밖에 없는 내용이었다.

설화가 눈을 크게 떴다.

"이게 무슨 말이에요? 마교면 마교고 정의맹이면 정의맹이지, 둘 다 조심하라니요?"

"이건 조금 이상한데요. 미랑 언니가 잘못 보낸 거 아니에요?"

청화도 이해가 안 된다는 듯 고개를 흔들었다.

그 모습에 한빈이 소군을 바라봤다.

갑작스러운 한빈의 시선에 소군이 어깨를 움츠렸다.

한빈은 겁먹은 소군의 표정에 아랑곳하지 않고 말을 이었다.

"아무래도 시작된 것 같구나."

"시작되다니, 그게 무슨 말이에요?"

소군이 조심스레 물었다.

"아무래도 너는 다시 남장을 해야 할 것 같다. 실시!"

한빈이 소군을 가리키며 손가락을 튕겼다.

딱!

설화와 청화가 소군의 팔짱을 끼더니 즉시 옆방으로 데려갔다.

우당탕하는 소리가 옆방에서 울려 퍼지더니 설화가 소군을 데려왔다.

소군은 울상이 되었다.

그도 그럴 것이 이번에는 완벽한 변장을 위해 머리까지 짧게 잘랐다.

설화는 울상이 된 소군의 등을 토닥였다.

"괜찮아, 머리는 금방 자랄 거야."

"저도 언니처럼 예쁜 옷을 입고 싶었는데……."

소군은 금방이라도 울 것처럼 설화를 바라봤다.

설화가 단호하게 손바닥을 보였다.

"그건 나중에!"

설화가 소군을 한빈의 앞으로 밀었다.

소군이 다가오자 한빈은 말을 이었다.

"아마도 마교에서 본격적으로 손을 쓸 모양이구나."

"그게 무슨 말이에요?"

"그러지 않고서야 하오문에서 이런 쪽지를 내게 보낼 리가 없지."

"그럼 어떻게 해요? 공자님."

"걱정할 거 없어. 오히려 좋아!"

"그게 무슨 말씀이에요?"

"일부러 찾아가지 않아도 제 발로 온다는 거니…… 이건 두 팔 벌려 환영할 일이지."

한빈이 진득한 웃음을 지었다.

악당도 울고 갈 미소였다.

그 웃음 뒤에 한빈이 말을 이었다.

"기다려 보면 연락이 올 거니, 우리는 잠시 쉬고 있자."

"누구에게 연락이 오나요? 혹시 마교인에게서요?"

"아니, 정의맹에서!"

"정의맹에서 왜 연락이 와요?"

"그건 두고 보면 알겠지. 하오문의 정보는 이제까지 틀린 적이 없으니까. 대충 상황은……"

한빈은 앞으로 펼쳐질 상황을 설명했다.

대략적인 내용은 정의맹에서 영웅 대회를 열 것이라는 것이 핵심이었다.

거기에 더해 그들이 준비해야 할 것들에 대해서도 늘어놓았다.

설명을 듣던 설화가 손을 번쩍 들었다.

"그렇게 많은 전서구가 필요하다고요?"

"많으면 많을수록 좋지."

"또 그렇게 많은 계약서가 필요하다고요?"

"많으면 많을수록 좋아. 이번에는 마인들에게도 받아 내야 할 수 있으니까."

"앗!"

설화가 비명에 가까운 탄성을 터뜨렸다.

놀람도 잠시, 설화는 바로 고개를 끄덕였다.

한빈이 한 말 중에 이루어지지 않은 것이 없었기 때문이다.

궁금하긴 했지만, 한빈이 말한 내용은 분명 앞으로 일어날 일이었다.

지금 중요한 것은 한빈이 말한 준비를 하는 것이다.

재빨리 밖으로 나가려던 설화가 고개를 갸웃하며 소군을 바라봤다.

그 시선에 소군이 기어들어 가는 목소리로 물었다.

"왜 그러세요? 언니."

"아까 저 서찰의 정체에 대해서 알고 있는 것 같던데?"

설화가 가리킨 것은 유생들이 두고 간 서찰이었다.

그 서찰을 본 소군이 말했다.

"이건 공자님의 혼처가 적힌……."

"혼처라니? 그게 무슨 말이야?"

"앞에 쓰여 있는 건 태어난 일시(日時)이고요, 뒤에 있는 건 화초. 화초를 넣은 것은 그 화초와 닮았다고 외모를 묘사한 거예요. 예를 들어 매화는 매화를 닮은 처자라는 것이고 난이라고 적힌 것은 난처럼 가냘프단 거고요. 한마디로 이건 매파를 보내기 전에 상대의 의향을 떠보기 위한 서찰인 것 같아요."

"대체……."

설화가 말끝을 흐리며 한빈을 바라봤다.

이것은 서로 기분이 상하지 않기 위해 떠보는 서찰이었다.

이름이 나와 있지 않기에 상대가 거절해도 자존심을 지킬 수 있다.

그리고 승낙한다면 상대 가문을 인정하는 것이기에 매파를 보내도 된다.

한빈은 그 서찰을 대충 눈치채고 있었다.

명문가들이 자신을 혼인으로 엮으려고 하는 것은 고마운 일이었다.

하지만 중요한 것은 지금은 때가 아니라는 것이다.

한빈은 설화에게 말했다.

"그 서찰은 다 묻어!"

"네?"

"아버님 보시기 전에 묻어야 우리가 편할 거야."

"헤헤, 알았어요."

설화가 서찰을 챙겼다.

이 서찰을 귀찮게 여기는 이유는 바로 가주 팽강위 때문이다.

이 서찰을 가주 팽강위가 본다면 어떻게 될까?

아마도 난리가 날 것이 분명했다.

사실 무림세가는 무가와 무가 간의 혼약보다는 무가와 고관대작을 배출하는 명문가와의 혼약을 더 선호한다.

그것은 계란을 한 바구니에 담지 말란 속담 때문이다.

강호에 생각지도 못한 혈겁이 들이닥쳐도 고관대작이 버티고 있는 집이 처가라면?

그 혈겁을 살짝 비껴가는 것은 일도 아니다.

이 서찰을 보낸 유생들의 집안은 양석봉을 비롯해 최유지 그리고 홍금호 등 지금 실세를 누리고 있는 가문이었다.

아마도 이 서찰을 보는 즉시, 한빈의 혼처를 정하기 위해 원로 회의를 소집할 것은 안 봐도 훤했다.

그런 상황이 벌어지면 한빈은 하루하루 시달려야 했다.

그때였다.

서찰을 모두 챙긴 설화가 눈에 힘을 주며 말했다.

"공자님, 걱정하지 마세요. 앞으로 귀찮은 일은 저희가 다 막을게요."

"저도 한 손 보탤게요, 공자님."

청화도 주먹을 불끈 쥐었다.

그들의 모습에 한빈이 고개를 갸웃했다.

뭔가 이해를 잘못한 것 같았기 때문이다.

한빈이 막 다시 설명하려는 순간, 설화와 청화가 낙엽 밟는 소리를 내며 사라졌다.

사사 삭.

물론 소군도 둘의 손에 이끌려 사라졌다.

＊

다음 날 오후.

하북팽가의 가주전에 모인 원로와 각주 들은 다시 술렁이
고 있었다.

"대체 이게 무슨 일입니까?"

"그러게 말입니다."

수뇌부는 눈을 가늘게 뜨고 서찰에 적힌 내용을 몇 번이고
살폈다.

그곳에는 영웅 대회의 일시 그리고 장소만이 나와 있었다.

장소는 무당산.

그리고 개최 일시는 바로 두 달 뒤였다.

급박한 일정에 뜻하지 않은 영웅 대회였다.

무림세가의 모임인 무가지회가 끝난 지 반년도 지나지 않
은 상황에 영웅 대회라니!

거기에 무당산이라는 장소도 다소 의아했다.

보통 정의맹에서 개최하는 무림 대회는 서안에서 열렸다.

화산파와 종남파 그리고 정의맹의 본단이 있는 곳이 바로
서안이었기 때문이다.

태사의에 앉은 팽강위가 턱을 괸 채 집법당주 팽대위를 바라봤다.

"동생의 생각은?"

"뭘 고민하십니까? 일단 가서 확인해 보면 될 일입니다."

"역시 동생은 간단해서 좋군."

"지금 하신 말씀 말입니다. 혹시……. 칭찬입니까?"

팽대위의 얼굴에 남은 흉터가 살짝 흔들렸다.

기대하고 있다는 표정이 분명했다.

"칭찬이네, 동생."

팽강위가 턱을 괴었던 손을 풀고 자리에서 일어났다.

그는 태사의에서 내려와 조용히 주변을 둘러봤다.

"영웅 대회와 무당파라……. 자네들은 무슨 의도라고 생각하나?"

누구 한 명을 꼭 지정해서 물어본 것은 아니었다.

질문을 받은 수뇌부는 서로 눈치를 봤다.

그도 그럴 것이, 지금의 강호는 폭풍이 쓸고 간 평야처럼 고요했기 때문이다.

영웅 대회를 개최하려면 폭풍의 전조가 보일 때가 적기였다.

그런데 폭풍이 다 지나간 후에 개최한다?

그것은 말이 되지 않았다.

문제는 그 원인을 추측조차 할 수 없다는 것이었다.

그때 주작각의 가기군이 조심스럽게 한 걸음 나왔다.

그 모습에 팽강위가 말했다.

"가기군 각주, 할 말 있는가?"

"제 생각에는 사 공자를 부르는 것이 좋을 것 같습니다."

"막내를 부른다고?"

"한바탕 폭풍이 쓸고 지나간 다음 열리는 영웅 대회입니다. 그리고 그 폭풍의 중심에는 사 공자가 있었던 게 사실 아닙니까? 이런 중요한 사안이라면 사 공자에게 의견을 물어보는 게 좋을 것 같습니다."

"오호, 그게 좋겠군. 역시 가기군 각주가 머리가 좋단 말이야."

접객당주도 동의한다는 듯 고개를 끄덕였다.

한빈이 가주전에 도착한 것은 눈 깜짝할 사이였다.

도착한 한빈은 먼저 서찰부터 살폈다.

서찰을 본 한빈의 눈빛이 깊어졌다.

그 모습에 팽강위가 물었다.

"행간에 깊은 뜻을 읽은 것이냐?"

"아닙니다. 서찰에 숨은 뜻은 없습니다."

"그런데 왜 근심 가득한 눈빛을 하고 있느냐?"

"이제까지의 영웅 대회가 열렸던 직후를 생각해 보십시오."

한빈은 잠시 말을 끊었다.

중간에 끼어드는 사람은 아무도 없었다.

팽강위는 턱짓하며 한빈에게 설명을 계속하라 재촉했다.

그 모습에 한빈이 고개를 끄덕이며 말을 이었다.

"영웅 대회가 개최되고 나면 무림에 큰 사건이 일어났습니다. 그건 모두가 알고 있는 사실 아닙니까?"

그때 접객당주가 기척을 냈다.

그 모습에 팽강위가 턱짓했다.

발언권을 준 것이다.

발언권을 받은 접객당주가 말했다.

"사 공자, 말씀 중에 죄송한데 순서가 바뀐 것 같습니다. 무림의 큰 사건이 일어날 것 같기에 영웅 대회를 개최한 것이 아닙니까?"

"그럴 수도 있지만, 아닐 수도 있습니다. 영웅 대회가 일을 키운 걸 수도 있지요. 십 년 전에 일어난 사파와의 분쟁만 보더라도……."

한빈은 논리 정연하게 말을 이어 나갔다.

모두는 한빈의 의견에 고개를 끄덕였다.

한빈이 말한 핵심은 간단했다.

모든 충돌은 상호작용이 중요하다는 것.

손뼉도 마주쳐야 소리가 난다는 뜻이다.

한빈의 설명이 계속되자 가주를 비롯한 수뇌부의 표정이 점점 어두워졌다.

한빈의 설명만 들어서는 마치 상호작용을 부추기는 세력이 있다는 것처럼 들렸다.

사실 한빈이 아니라 다른 자가 이런 의견을 냈다면 다들 헛소리라 했을 것이 분명했다.

그게 바로 접니다

한빈이 몰고 왔던 사건이 한두 가지던가?

주작각 가기군의 말대로 태풍의 중심에 있던 자가 바로 한빈이었다.

본인이 사건을 예고하기에 조금 더 신빙성이 있었다.

한빈의 의견을 헛소리라고 할 수 있는 자는 가주전 내에 없었다.

모두가 숨소리도 내지 않고 있을 때 한빈의 설명이 끝났다.

"……제 생각은 여기까지입니다."

한빈의 말이 끝나자 수뇌부는 서로의 눈치를 봤다.

조금 황당하기는 해도 충분히 가능성 있는 이야기였다.

하지만 누구도 쉽사리 입을 열지 못했다.

모두가 눈치만 보며 마른침을 삼키고 있을 때였다.

현무각주가 조심스럽게 한 발 앞으로 나왔다.

무사들의 훈련을 담당하는 현무각의 각주는 한빈을 아직 적대시하는 몇 안 되는 하북팽가의 수뇌부 중 하나였다.

그 모습에 팽강위가 고개를 끄덕였다.

"현무각주는 의견이 있으면 말해 보시오."

"감사합니다, 가주님!"

현무각주는 팽강위에게 고개를 숙인 뒤 뒤쪽을 향해서 포권하며 말을 이었다.

"제 미천한 생각을 밝히겠습니다. 제 생각은 이러합니다. 그러니까…… 사 공자는 저희를 희롱하고 있다고 봅니다."

일장 연설을 늘어놨지만, 핵심은 마지막 말이었다.

순간 여기저기서 웅성대는 소리가 들려왔다.

"그, 그게 무슨 말이지?"

"우리를 희롱하고 있다고?"

모두가 웅성대자 현무각주가 헛기침을 하며 말을 이었다.

"영웅 대회는 누구나 참석하고 싶은 행사입니다. 누가 대표로 참석하느냐는 어찌 보면 무인으로서는 영광입니다. 지금 사 공자는 우리에게 겁을 줘서 자신이 참석하려는 것이 분명합니다. 아무리 급박하게 계획된 무림 대회라고 하지만 무당산에서 개최되는 행사입니다. 그런데 그것을 의심한다면 누굴 믿겠습니까?"

말을 마친 그는 수뇌부를 하나씩 바라봤다.

그는 모두와 눈빛을 마주쳤다.

팽강위는 한발 물러서서 조용히 그 상황을 지켜봤다.

이건 어찌 보면 하나의 시험이었다.

한빈이 가문을 어디까지 장악할 수 있는가를 시험하는 무대이기도 했다.

가주직을 이어받을 팽혁빈도 중요하지만 한빈의 위치도 상당히 중요했다.

나중에 맡아야 할 한빈의 위치는 바로 집법당주 팽대위의 자리였다.

가주가 폐관 수련에 든다든가 자리를 비웠을 때 말 한마디로 잡음을 지워야 하는 위치이기도 했다.

팽강위는 한빈과 현무각주의 기세 싸움을 재미있다는 듯 바라봤다.

현무각주는 이런 싸움에 이골이 난 자였다.

세가 내 훈련을 담당하는 현무각을 맡고 있지만, 선동에 능한 자였다.

물론 그 선동이란 대부분 세가를 위한 선동이었다.

다만, 지금은 세가를 위한 것이 아니라 한빈을 위한 시험이었다.

현재 수뇌부와 다음 세대의 가주 그리고 집법당주와의 기세 싸움은 전통이었다.

그들을 꺾어야만 가문을 편안하게 이끌어 갈 수 있는 법이
었다.

아니나 다를까.

현무각주의 몇 마디에 세가 내 수뇌부가 동요하기 시작했
다.

다만, 그들은 눈치를 보며 입 모양으로만 대화를 나누었
다.

현무각주의 말이 일리 있다는 말이었다.

그것도 잠시, 모두의 시선이 한빈에게 모였다.

현무각주가 먼저 일침을 놨으니 한빈의 방어가 궁금했던
것이다.

모두의 시선을 받은 한빈이 재미있다는 표정으로 주변을
둘러봤다.

한빈도 이 상황을 짐작하고 있었다.

자신이 제시한 의견에 대한 반박이, 핵심이 아니라 기세
싸움임을 말이다.

중요한 것은 여기서 늙다리 수뇌부에게 한 방 먹히고 들어
간다면, 앞으로의 길이 가시밭이라는 점이다.

모든 일에 사사건건 이의를 제기할 것이며, 거기서 조금
더 나아간다면 자신의 이익을 주장할 것이 분명했다.

팔짱을 끼고 주위를 돌아보던 한빈이 갑자기 손가락을 퉁

졌다.

딱!

그 소리에 모두가 움찔했다.

살짝 내공을 담아 튕긴 소리였다.

그 소리에 가주전의 문이 살짝 열렸다.

그리고 누군가 천천히 들어왔다.

구릿빛, 아니 검은빛이 살짝 감도는 피부.

질끈 동여맨 머리.

약간은 가냘파 보이는 몸매.

그녀는 다름 아닌 심미호였다.

이상한 것은 그녀가 어깨에 밧줄을 걸치고 있다는 것이다.

밧줄이 팽팽한 것을 보아하니, 만만치 않은 무게감이 느껴졌다.

심미호가 가주전의 입구를 세 걸음 정도 지나왔을 때였다.

뒤쪽에서 둔탁한 소리가 들려왔다.

덜컹.

물체가 문턱을 넘는 소리였다.

가주전에 모인 수뇌부는 심미호가 어떤 물건을 밧줄에 매달아 끌고 오고 있음을 그제야 깨달았다.

심미호가 밧줄을 더욱 세게 잡고 뒤에 있는 물건을 끌었다.

드륵. 드륵.

불길한 소리가 가주전 내부에 울려 퍼졌다.

원로와 각주를 비롯한 수뇌부는 눈살을 찌푸렸다.

"대체 저게 뭔가?"

"보면 모르는가? 저건 관 아닌가?"

"나도 저게 관이라는 것은 아네. 다만 저 관을 왜 여기로 끌고 왔냐는 것이오. 혹시 가문이 망하길 고사라도 지내는 것이오?"

"듣고 보니 그 의도가 불순하오이다."

그들은 모두 한빈을 헐뜯기 바빴다.

처음에는 경외의 눈빛을 보내던 그들이 현무각주의 말 한마디에 의심의 눈초리를 보내고.

이제는 경멸의 시선으로 한빈을 바라보고 있었다.

그 모습에 한빈은 고개를 끄덕였다.

서기들에 대한 세뇌 교육은 끝났지만, 세가 전체에 대한 교육은 아직 시작 전이었다.

어찌 보면 당연한 일이었다.

그들이 충성을 맹세한 것은 하북팽가이며, 현 가주인 팽강위였다.

팽혁빈이나 팽한빈에 대한 충성이 아니란 말이다.

한빈은 아무렇지 않은 표정으로 심미호가 자신의 앞까지 오기를 기다렸다.

관을 끌고 오는 심미호의 모습을 진지한 시선으로 바라보고 있는 것은 팽강위와 팽대위밖에 없었다.

둘만은 심미호가 끌고 오는 관과 한빈을 번갈아 보며 의미심장한 표정으로 고개를 끄덕였다.

한빈의 앞에 다다른 심미호가 기둥처럼 우뚝 멈췄다.

심미호는 밧줄을 느슨히 풀고 한빈에게 포권했다.

"말씀하신 물건 가져왔습니다, 주군."

"수고했어, 심 부대주."

한빈이 빙긋 웃으며 주변을 바라봤다.

모두는 떨떠름한 표정으로 한빈의 다음 말을 기다렸다.

그 모습에 한빈이 더욱 짙은 미소를 피워 냈다.

"다들 이게 뭔지 궁금하시지요?"

"뭔지 궁금하지는 않소. 사 공자, 저건 누가 봐도 관이 아니오? 왜 저걸 불길하게 가주전에 들인 것이오?"

현무각주가 불만 가득한 표정으로 관을 가리키자 한빈이 천천히 고개를 흔들었다.

"이건 그냥 관이 아닙니다. 제 목숨을 구해 준 물건입니다."

"사 공자의 목숨을 구했다니? 누가 봐도 저주받은 관 아니오?"

"저주받은 물건이 아니라 구사일생의 행운을 가져다준 기물입니다."

"난 도저히 이해가……."

현무각주는 말끝을 흐렸다.

가주 팽강위와 집법당주 팽대위의 묘한 표정을 봤기 때문이다.

가주와 집법당주는 한빈의 말에 고개를 끄덕였다.

현무각주는 가주의 표정이 무엇을 의미하는지 도저히 이해할 수 없었다.

이쯤 되자 불쾌한 기분보다는 살짝 호기심이 이는 현무각주였다.

사실 관이 불길하다고 느껴질 수밖에 없는 이유는 간단했다.

관은 불에 그을린 듯 여기저기 그을음이 남아 있었다.

그것도 모자라 군데군데 찌그러진 흔적도 있었다.

거기에 먼지와 진흙이 관에 묻어 있었다.

관을 끌고 오며 가주전 바닥은 상당히 더럽혀진 상태였다.

마치 오래된 무덤에서 도굴을 해 온 듯한 관이었다.

강철로 된 관이었지만, 도굴까지 해서 가져올 관은 아니라는 것이 모두의 생각이었다.

한빈은 잠시 말을 끊었다.

그들의 호기심이 최고조로 올라오기를 기다리기 위함이었다.

모두가 마른침을 삼키고 있을 때, 한빈은 때가 되었다는 듯 눈을 빛냈다.

"혹시 여러분들은 사천당가에서 무슨 일이 있었는지 아십
니까?"

"……."

모두는 서로를 바라봤다.

그것도 잠시, 그들은 고개를 갸웃했다.

사천당가에서 경천동지할 일이 있었다는 것은 모두가 아
는 사실이었다.

하지만 그 경천동지할 일이 무엇인지 아는 자는 없었다.

그 당시 수행했던 무력대와 팽대위 그리고 팽혁빈을 제외
하면 아무도 구체적인 사실은 몰랐다.

그곳에서 한빈과 적혈맹호대가 공을 세웠다는 것은 대충
알고 있지만, 정확한 사실은 비밀에 부쳐졌다.

그것은 황궁의 부탁 때문이기도 했다.

암제는 황실의 사람이었다.

황제가 살아 있었다는 것이 밝혀진다면 황실 내부에 작지
않은 파장을 몰고 올 수도 있는 일이었다.

거기에 진천뢰라!

이것은 군부에서 유출되었음이 분명했다.

물론 진천뢰는 금의위에서 가져온 것이었다.

나라에서 몰래 한빈을 위해서 준 물건이었다.

그런데 나라에서 개인에게 군부의 물건을 줬다는 것이 알
려진다면? 강호뿐 아니라 나라 전체가 뒤집힐 사건이었다.

그런 이유로 금의위를 중심으로 이 사건에 대해서 입단속에 나섰다.

덕분에 사건은 일파만파 퍼졌지만, 정작 그 진실을 알고 있는 자는 많지 않았다.

모두가 마른침을 삼키자 한빈이 말을 이었다.

"적들은 사천당가에 비밀 통로를 만들고 그곳에 수천 근의 진천뢰를 묻어 놨습니다."

말을 마친 한빈은 모두의 표정을 확인했다.

급작스러운 한빈의 말에 모두는 헛숨을 들이켰다.

"허허."

"어찌 그런 일이!"

모두가 당황하여 실소할 때, 현무각주가 한빈을 바라봤다.

어떻게 하면 기를 꺾어 놓을 수 있을까 하는 기색은 없었다.

그저 놀라운 듯 눈을 크고 뜨고 있을 뿐이었다.

"그럼 무가지회에 참석했던 사람들은 대체 어떻게 살아남은 것이오?"

"다행히 수천 근의 진천뢰 중에 몇백 근만 터졌습니다. 그걸 발견한 사람이 바로……."

한빈은 잠시 말끝을 흐렸다.

그 모습에 현무각주가 미간을 좁혔다.

한빈이 아무렇지 않게 다시 말을 이었다.

"그걸 발견하고 온몸을 던져 막은 것이 바로 접니다. 그걸 터뜨리려고 하던 적에게 맞선 것이 적혈맹호대였고요. 하지만 어느 정도의 진천뢰가 터지는 것은 막지 못했습니다. 눈 깜짝할 사이에 화마가 수십 걸음도 떨어지지 않은 곳에서 들이닥쳤습니다. 그 불길은 마치……."

한빈은 이야기꾼이 재미있는 전설을 전하듯 장황하게 말을 늘어놓았다.

한빈의 말에 진지한 표정을 하고 있던 팽강위는 고개를 돌렸다.

순간 팽대위와 시선이 마주쳤다.

팽대위도 황당하다는 듯 고개를 흔들기는 마찬가지였다.

심미호는 아예 고개를 숙이고 있었다.

표정 관리가 되지 않았기 때문이다.

한빈이 늘어놓는 이야기 속에 진실의 조각은 조금밖에 없었다.

통로를 판 것은 적혈맹호대였다. 물론 진천뢰를 묻은 것도 적혈맹호대였다.

이 모든 것은 한빈의 지시였다.

중요한 것은 진천뢰에 불을 붙인 것도 한빈이라는 점이었다.

물론 왜 진실을 감추는지는 알고 있었다.

하지만 놀라운 것은 한빈이 늘어놓는 거짓말이 더 진실처럼 들린다는 점이었다.

심미호가 놀란 것은 주군의 말발이었다.

그녀는 상단전이 열리면 말발도 느는 것이라고 생각하며 고민을 멈췄다.

물론 이것은 심미호의 착각이었다.

거짓을 진실처럼 꾸밀 수 있는 것은 상단전과는 아무런 관련이 없었다.

귀검대주로 살아왔던 한빈의 전생 경험 때문이었다.

한빈의 말에 현무각주의 눈동자가 점점 옆으로 기울어졌다.

본능적으로 시선을 피하고 싶어진 것이다.

한빈은 주변을 둘러봤다.

그중 몇이 눈을 빛내고 있다.

아무래도 기세 싸움은 이번으로 끝날 것 같지 않았다.

"……제가 드릴 말씀은 여기까지입니다."

한빈의 말이 끝나자 현무각주가 한숨을 내쉬었다.

"휴. 그런 일이 있었는지 모르고 있었소이다, 사 공자."

"모르는 것이 당연하지요. 구체적인 사실이 알려지면 강호인 모두가 동요할까 봐 이 사실만큼은 묻기로 했습니다."

"흠."

"만약에 적이 수천 근이 아닌 수만 근의 진천뢰를 묻어 놨다고 하면요?"

"······."

대답하는 사람은 아무도 없었다.

이건 무림에서 일어나기에는 너무나 큰일이었다.

진천뢰는 일단 나라에서 금지한 품목.

그런 진천뢰가 수만 근이라?

그 정도면 국가 간의 전쟁이라고 봐야 했다.

폭약과 수만 발의 화살 그리고 창 앞에서는 절대고수도 힘을 못 쓰는 법이었다.

그때였다.

가문의 경비를 책임지는 백호각주가 한 발 앞으로 나왔다.

의미심장한 표정으로 한 발 앞으로 나온 백호각주는 살짝 고개를 숙였다.

백호각주는 여러 각주 중에도 젊은 편에 속했다.

그런 이유로 그는 한빈에게 예를 표한 것이다.

그 모습에 한빈이 물었다.

"백호각주님께서는 어떤 고견이 있으실까요?"

"지난번에 진천뢰가 터졌다면 아마도 나라에서는 철저히 그 품목을 관리했을 것입니다. 그렇다면 그런 위험은 일어나지 않을 것이라고 봐야 합니다."

백호각주는 주변에 시선을 보냈다.

자신의 의견에 동조하라는 신호였다.

그 모습에 한빈이 은은한 미소를 머금었다.

이쯤 되면 본론은 뒤로 팽개치고 본격적인 개싸움을 하자는 것이었다.

한빈은 이런 싸움에 항상 준비된 자였다.

진득한 웃음을 짓는 한빈의 모습에 백호각주가 물었다.

"왜 그리 웃으십니까? 제 말이 잘못되었습니까? 잘 생각해 보면 무당파의 영웅 대회는 그 어느 행사보다 안전한 행사 아닙니까? 태풍도 한 번 오고 나면 시차가 있는 법이지요."

"좋습니다. 그런 다른 걸 보여 드리지요."

말을 마친 한빈은 손을 들었다.

그 모습에 백호각주가 고개를 갸웃했다.

그때 한빈이 다시 손가락을 튕겼다.

딱!

하지만 이번에는 내공이 실려 있지 않았다.

가주전 밖에서는 들리지 않을 정도로 소리는 절제되어 있었다.

모두는 고개를 갸웃했다.

한빈의 이번 행동이 무엇을 뜻하는지 알 수 없어서였다.

내공을 담지 않은 것으로 봐서 분명히 누굴 호출하기 위한 용도는 아니었다.

이 정도 소리를 가주전 밖에서 들으려면 보통 고수가 아니고야 불가능하니 말이다.

하지만 그들의 예상은 완벽하게 빗나갔다.

다시 가주전의 문이 열렸기 때문이다.

백색 무복의 소녀가 양손으로 뭔가를 조심스럽게 들고 온다.

순간 모두가 고개를 갸웃했다.

이번에 들어온 것은 청화였다.

청화가 들고 온 것은 강철 대야였다.

이전의 관과 마찬가지로 거무튀튀한 것이, 누가 봐도 불길한 물건처럼 보였다.

의문도 잠시, 사람들은 대야의 정체에 대해서 저마다 추론하기 시작했다.

"저 대야도 사천당가에서 나온 물건 아닙니까?"

"그런 것 같소이다. 표면에 그을음이 남아 있는 것으로 봐서 저 대야도 폭발 현장에 있었던 것으로 보이오."

"저도 그렇게 생각합니다."

물론 조용히 이를 지켜보고 있던 백호각주도 마찬가지 생각이었다.

청화가 점점 가까이 올수록 그는 심증을 굳혔다.

강철로 만든 대야가 분명했다.

그을림의 흔적이 제법 진한 것으로 봐서 폭발의 중심에 있었던 것이 확실하다고 생각했다.

순간 백호각주는 눈을 가늘게 떴다.

대야의 모양이 전혀 변하지 않았기 때문이다.

그때 청화가 멈췄다.

대야 안쪽에는 살짝 물이 출렁이고 있었다.

대야의 모양 그리고 색, 마지막으로 안에 든 물까지 확인한 백호각주는 추론을 끝냈다.

그는 입가에 미소를 머금고 물었다.

"대야가 보통 물건이 아닌 것은 알겠소. 그런데 사 공자는 내게 어떤 가르침을 주시려고 이 물건을 준비한 것이오?"

"역시 백호각주님답군요. 예리하십니다. 다만, 초점이 잘못된 것 같습니다."

"내 말이 틀렸다고 한 겁니까? 대야의 거무튀튀한 그을음을 보면 이건 사천당가의 폭발 현장에서 나온 물건이 틀림없소. 그리고 그 그을음의 정도를 보면 저기 있는 관보다 진천뢰에 더 가까이 있었던 것이 분명하오."

백호각주는 관을 가리켰다.

그는 입가에 미소를 머금고 있었다. 다른 수뇌부가 그의 추론에 놀란 듯 눈을 크게 떴기 때문이다.

더욱 의기양양해진 백호각주가 다시 말을 이었다.

"그런데도 저 대야는 흠집이 남아 있지 않소. 변색만 되었단 말이오. 이것이 무엇을 뜻하겠습니까?"

백호각주는 도리어 질문을 던졌다.

물론 한빈에게 던진 것은 아니었다.

아무나 답해 보라는 의미였다.

그때 한빈이 턱짓했다.

"계속해 보시지요."

한빈의 말에 백호각주는 만면에 미소를 지었다.

상대의 정곡을 찔렀다고 생각한 것이다.

백호각주가 진득한 미소를 지어 보이며 말을 이었다.

"저 대야는 분명히 만년한철로 만든 물건이 분명합니다."

"흠, 만년한철이라……. 만년한철로 만든 대야를 제가 왜 가져왔다고 생각하십니까?"

"폭발에서도 건재한 만년한철만큼 단단한 고수만 무당파에서 열리는 영웅 대회에 참석할 수 있다는 가르침 아니겠소? 그리고 저 대야에 물을 받아 온 것은 화마에서도 건재한 만년한철의 모습을 보이기 위함이고요. 보여 주기식 허례는 이쯤이면 되었습니다."

백호각주가 약간은 비웃음 섞인 표정으로 한빈을 바라봤다.

그들을 바라보던 수뇌부도 서로를 보며 고개를 끄덕였다.

"그렇다면 그 얘기를 하려고 이렇게 진지했던 건가?"

"실망이군."

"그러게 말일세. 그냥 말로 하면 될 것을 그까짓……."

그들은 말을 맺지 못했다.

한빈이 손가락을 다시 한번 튕겼기 때문이다.

딱.

그 소리에 청화가 대야를 아래로 내려놓았다.

대야를 아래로 내려놓은 청화는 머리끈을 풀었다.

순간 청화의 머리카락이 찰랑거렸다.

청화는 아무렇지 않게 머리끈을 천천히 대야에 잠긴 물속에 집어넣었다.

백호각주가 황당하다는 듯 물었다.

"지금 그게 무슨 짓이오?"

"백호각주께서 직접 보시지요."

한빈이 대야를 가리키자 백호각주가 재빨리 다가왔다.

백호각주는 고개를 갸웃했다.

물에 닿는 순간 청화가 넣은 머리끈이 눈 깜짝할 사이에 없어졌기 때문이다.

청화는 머리끈을 모두 대야에 던져 넣었다.

스르륵.

비단으로 만든 머리끈이 대야에 잠기며 그 모습을 감췄다.

황당한 상황에 백호각주가 기분 나쁜 듯 말했다.

"이상한 사술을 보자고 여기에 선 것이 아니오, 사 공자."

"사술이 아닙니다."

"그럼 무엇이오?"

"대야에 담겨 있는 것은 독입니다. 장운현에서 천독이라는 자가 쓴 독이지요. 중원에는 없는 독입니다. 지금 제가 보여 드린 것은 사술이 아닙니다. 저 독은 뭐든 눈 깜짝할 사이에 녹여 버립니다. 은을 제외하고는요."

"그럼……"

"맞습니다. 저 대야는 만년한철로 만든 것이 아니라 은으로 만든 대야입니다. 저 거무튀튀한 흔적은 독 때문에 은이 변색된 것이지요."

"독이라니……"

"저와 적혈맹호대는 이런 독을 쓰는 천독이란 자와 싸웠습니다. 그리고 살아남았고요. 혹시 이런 위험을 감수하실 수 있는 분이 있으면 앞으로 나오시지요."

한빈은 주위를 둘러봤다.

그러고는 청화에게 손짓했다.

신호를 받은 청화가 품속에서 표주박 하나를 꺼냈다.

모양만 표주박이지, 은으로 만든 물건이었다.

은 표주박을 든 청화가 조심스럽게 대야의 물을 펐다.

그러고는 한빈을 바라봤다.

한빈이 고개를 끄덕이자 청화가 표주박에 든 물을 바닥에 부었다.

순간 모두의 눈이 커졌다.

바닥이 녹아내렸기 때문이다.

치지직.

한빈이 말한 대로 독이 맞았다.

중원에서는 쉽사리 찾아볼 수 없는 극독이 분명했다.

바닥에 독물을 부은 청화는 다시 은 표주박을 대야로 가져갔다.

청화는 대야의 물을 담은 은 표주박을 눈높이에 맞춰 들어올렸다.

순간 하북팽가의 수뇌부가 주춤 물러났다.

옆에서 대화를 나누던 백호각주마저 한 발 뒤로 물러났다.

그들의 모습에 한빈이 나지막한 목소리로 말을 이었다.

"하북팽가를 위해서 목숨을 바칠 수 있는 자는 앞으로 나오십시오."

"……."

입을 여는 자는 아무도 없었다.

가주전의 바닥을 뚫어 버린 독을 한 바가지 떠서 들고 있는 상태에서, 미치지 않고서야 앞으로 나올 자는 아무도 없었다.

웅성거리는 자도 없었다.

모두 입을 막고 있기에 바빴다.

중독될까 두려워서였다.

그 모습에 한빈이 말했다.

"혹시 더 보여 드려야겠습니까?"

"……."

침묵은 계속되었다.

그때 한빈이 청화에게 눈짓했다.

신호를 받은 청화가 한빈에게 은 표주박을 건넸다.

한빈은 은 표주박을 높이 들었다.

그 모습에 모두가 기겁해서 뒤로 물러났다.

"사 공자, 왜 그러시오?"

"가주님, 말리셔야……."

소란은 바로 진정되었다.

은 표주박을 든 한빈이 독물을 그대로 마셨기 때문이다.

순간 모두의 눈이 커졌다.

어찌나 놀랐는지 그들은 소매로 가리고 있던 입을 활짝 벌렸다.

그들은 석상이 된 채 아무 말도 못 하고 있었다.

한빈은 조용히 수뇌부를 바라봤다.

그러고는 천천히 입을 열었다.

"가문을 대표해서 앞장서려면 이 정도의 각오는 필요합니다."

이번에는 내공이 담겨 있는 목소리였다.

사실 한빈의 행동에 가주 팽강위도 기겁하고 있었다.

갑자기 은 표주박에 든 독물을 마시는 장면에서 그는 아들 하나를 이대로 잃는 것은 아닌지 하고 한탄했다.

그 옆에 있던 팽대위는 거도를 뺀 든 채 어깨를 떨고 있었다.

무모한 행동을 말리기 위해 거도로 표주박을 쳐 낼 생각이 었다.

거도를 쥔 오른손을 부르르 떤 팽대위가 한빈에게 달려갔다.

"괜찮은 것이냐?"

"저는 괜찮습니다."

"호, 혹시 만독불침의 경지에라도 이른 것이냐?"

"그건 아닙니다."

"그런데 어떻게 멀쩡할 수가……."

"그건 비밀입니다."

한빈이 단호하게 말하자 팽대위는 그제야 표정을 풀었다.

비밀이라는 한마디에 안심한 것이다.

저리 말하는 것을 보면 한빈의 상태가 정상이라 판단한 것이다.

팽대위는 그저 미리 해독약을 복용했겠거니 하며 넘겼다.

한빈은 천수장주라 불리며 의술에서도 이름을 떨치니 말이다.

물론 수뇌부의 생각도 똑같았다.

한빈이 멀쩡한 것은 만독불침 같은 것이 아니라 해약이 있기 때문이라고 생각했다.

물론 그것은 반만 맞았다.

한빈이 마신 것은 애초에 독물이 아니었다.

공독지체의 청화가 은 표주박에 든 독을 모두 흡수해 버린 것이다.

청화는 이제 독의 일부만을 자유롭게 흡수할 수 있는 경지에 이르렀다.

이대로 몇 년만 지나면 공독지체의 극의를 깨달을 것이라고 한빈은 확신했다.

모두가 멍하니 있자 한빈이 다시 말을 이었다.

"다시 한번 말씀드리겠습니다. 위험을 감수하고 무당으로 향할 자신이 있는 분은 앞으로 나오시지요."

"……."

모두가 꿀 먹은 벙어리가 된 것은 어찌 보면 당연한 일이었다.

그 모습에 팽강위는 기가 찬 듯 한빈을 바라봤다.

이것은 가문의 수뇌부와 후계 사이의 일반적인 기세 싸움이 아니었다.

이건 기세 싸움이 아닌 일방적인 협박에 가까웠다.

젊은 수뇌부는 어느 정도 기세가 꺾였다.

사실 현무각주나 백호각주는 젊은 각주들의 대표자 격이었다.

현무각주와 백호각주가 앞장서서 한빈을 시험하게 된 이유는 간단했다.

현재 가주인 팽가위가 가주직에서 물러나면 나이가 있는

당주와 각주 들도 같이 물러나게 되는 게 보통이었다.

하지만 젊은 각주들은 자리에 남아 차기 가주와 차기 집법 당주를 보필하게 된다.

즉, 한빈과 일선에서 마주쳐야 할 것이 바로 젊은 각주들 이라는 것이다.

한빈이 단번에 그들의 기세를 눌러 버리자 상황은 묘하게 흘러갔다.

그 모습에 팽강위는 입맛을 다셨다.

지금의 기세 싸움은 자신이 가주직에 오르기 전에도 벌어 졌던 일이었다.

집법당주는 가주의 오른팔.

원로와 각주를 비롯한 수뇌부는 보통 차기 집법당주가 될 자의 기부터 누르려고 한다.

그 당시를 떠올린 팽강위는 묘한 미소를 지었다.

현 집법당주 팽대위는 수뇌부와 기 싸움을 벌이지 않았다.

그냥 강자존의 법칙을 앞세워 힘으로 제압했었다.

그런데 지금 한빈은 힘이 아니라 심리적으로 그들을 제압 하려 하고 있다.

과연 이대로 끝날까?

팽강위는 이 싸움이 끝나려면 시간이 조금 걸릴 것이라고 봤다.

그때 젊은 수뇌부가 어딘가를 바라봤다.

그들이 바라보고 있는 것은 수뇌부 중 나이가 제법 되는 접객당주였다.

원로에 속하는 접객당주에게 도움을 청하는 모양새였다.

젊은 각주들의 시선을 받은 접객당주가 마지못해 앞으로 나왔다.

천천히 걸어 나온 접객당주가 한빈의 앞에 섰다.

묵묵히 한빈을 바라보는 그의 모습은 바위 위에 뿌리를 내린 노송과도 같았다.

그 모습에 한빈이 정중하게 물었다.

"제게 주실 가르침이라도 있으실는지요?"

"내가 하고 싶은 말은 딱 한 가지오. 그래서 사 공자가 생각한 대책이 뭐요?"

순간 모두가 고개를 끄덕였다.

어떤 이는 막힌 속이 탁 풀린다는 표정으로 안도하고 있었다.

사실, 모두가 하고 싶은 말이었다.

관과 독을 보여 주며 압력을 넣는 바람에 누구도 묻지 못했던 것이었다.

그때 한빈의 눈이 빛내며 주변을 둘러봤다.

주작각주도 한 발 앞으로 나와 접객당주의 말에 동의하고 있다.

한빈은 한 발 앞으로 나왔다.

그 모습에 모두가 긴장한 표정을 지었다.

한빈의 앞에 독이 든 대야가 있었기 때문이다.

그 모습에 한빈이 손을 내저었다.

"다들 긴장을 푸시지요."

"흠."

접객당주가 못마땅한 듯 헛기침했다.

한빈은 청화를 보며 턱짓했다.

신호를 받은 청화가 독이 든 대야를 들고 조심스럽게 나갔다.

청화가 나가자 한빈은 이번에는 심미호를 바라봤다.

눈빛이 마주치자 심미호가 관을 끌고 가주전 밖으로 나갔다.

수뇌부를 억압하고 있던 두 개의 물건이 사라진 것이다.

관과 대야가 눈앞에서 사라지자 수뇌부는 그제야 웅성대기 시작했다.

그때 접객당주가 말을 이었다.

"위험성을 말했으면 대책을 내놓아야 할 것이 아니오? 사공자."

"대책이라면 제게 있습니다."

한빈의 말에 수뇌부가 술렁이기 시작했다.

접객당주가 눈을 가늘게 떴다.

"대책이 무엇이오? 사 공자."

"그건, 태풍 근처에 가지 않는 것입니다."

"무슨 말인지 대체 이해가 안 되는군?"

"강호에 평지풍파를 일으킬 혈겁이 들이닥치면 접객당주께서는 어떻게 하시겠습니까?"

"그야, 당당히 맞서……."

"누구를 위해서요?"

"중원의 안녕을 위해 정파이자 십대세가의 기둥인 우리가 나서야 하는 것이 아닌가? 사 공자."

"겉으로는 물론 그래야겠지요."

"겉으로라……."

접객당주가 눈을 가늘게 뜨자 한빈이 눈을 빛냈다.

지켜보던 팽강위도 호기심이 인다는 듯 살짝 귀를 기울였다.

모두의 시선이 집중되자 한빈은 그제야 말을 이었다.

"무림세가가 무엇 때문에 칼을 든다고 생각하십니까? 조금 더 자세히 말씀드리자면, 저희가 칼을 들 때, 중원의 안녕과 연관된 사건이 몇 번이나 있었습니까? 하북팽가뿐이 아니죠. 다른 무림세가도 마찬가지입니다. 아니, 무림세가가 아니라 거대 문파도 똑같죠. 일단 손해를 볼 때만 칼을 듭니다."

"허허, 무슨 말을 그리하나. 다른 문파의 위험을 보고 칼을 들 때도 많다네."

"그건 그 문파의 위험으로 인한 파장이 자기들에게 들이닥칠까 봐 두려워서 미리 손을 쓰는 것이지요."

"흠."

접객당주가 시선을 피하며 수염을 쓸어내렸다.

다른 이들도 시선을 돌리기 바빴다.

한빈의 말은 정확했다.

강호인들은 손해 보는 것을 못 참기에 칼을 들고 검을 든다.

물론 세가나 문파 차원에서의 이야기다.

지나가다가 위험에 처한 이를 사심 없이 돕는 고수의 얘기는 제법 흔하다.

하지만 문파로 확대한다면 이야기는 달라진다.

정파든 사파든 단체는 철저하게 이익에 따라 움직인다.

그때 집법당주 팽대위가 나섰다.

한빈과 수뇌부의 기 싸움에 참지 못하고 나선 것이다.

팽대위가 미간을 좁히며 물었다.

"그래서 하고 싶은 말이 무엇이냐? 우리가 이번 영웅 대회에 참가하면 안 된다는 말이라도 하고 싶은 게냐?"

팽대위는 다소 불만스러운 표정으로 한빈을 바라봤다.

그도 그럴 것이, 팽대위는 누구에게 지고는 못 사는 성격이었다.

"그건 아닙니다."

"그게 아니면 대체 무슨 말을 하고 싶은 것이냐? 이익이고 뭐고 누군가 칼을 들이밀면 밟아 줘야 하는 것이 강호의 도리가 아니더냐?"

"맞습니다."

"어……."

"제 목에 칼이 들어오는데 어찌 보고만 있을 수 있겠습니까? 다만, 칼이 애초부터 안 들어오게 해야죠."

"칼이 안 들어오게 한다고?"

"이번 영웅 대회에 참석을 안 하면 간단한 일입니다."

"그건 말도 안 되는 일이다. 십대세가와 구대문파 모두가 참석하는 정의맹의 모임이다. 거기에 우리만 빠질 수는 없는 일이다."

"그럼 이렇게 하는 게 어떻겠습니까?"

"……."

팽대위가 고개를 갸웃하자 한빈이 기다렸다는 듯 말을 이었다.

"만약 하북팽가가 이번 영웅 대회에 참석한다고 한다면……. 입이 가장 무거운 자를 보내야 한다고 생각합니다. 아무한테도 휘둘리지 않는 자를 말이죠."

"입이 무거운 자라면……."

"다른 문파에 휘둘리지 않는, 뿌리 깊은 나무와도 같은 사람이 필요합니다."

한빈의 말에 여기저기서 웅성대기 시작했다.

무공이 강한 자가 아니라 입이 무거운 자?

수뇌부는 서로를 바라봤다.

영웅 대회로 향하는 이번 길은 찝찝했다.

한빈이 관과 독이 든 대야를 보여 주며 이번 영웅 대회의 위험성을 강조했다.

아무리 강심장이라도 섣불리 나설 자는 없었다.

그때 한빈이 팔짱을 끼고 수뇌부를 바라봤다.

"가문을 위해서 나설 분이 이 중에 없단 말씀입니까?"

"……."

그들은 아직도 눈치만 봤다.

그때 접객당주가 손을 들었다.

"내가 나서겠소, 사 공자."

그 뒤에 있던 주작각주도 손을 들었다.

"나를 보내 주시오. 가문을 위해서라면 이 한 몸 불사르겠소이다."

그게 시작이었다.

모두가 나서서 하북팽가의 대표를 자청했다.

그들의 말에 한빈이 다시 물었다.

"위험을 무릅쓰겠다고 약속할 수 있겠습니까?"

"천지신명께 약속하겠네, 사 공자."

접객당주가 목소리를 높이자 뒤쪽에 있던 다른 당주와 각주도 고개를 끄덕였다.

그때 한빈이 다시 손가락을 튕겼다.

딱.

순간 다시 가주전의 문이 열리고 하얀색 신형이 한빈이 있는 쪽으로 빠르게 달려왔다.

신형의 주인은 설화였다.

설화는 오른손에 보따리를 들고 있었다.

설화는 한빈의 앞에 오더니, 보따리를 풀어 놓았다.

순식간에 한빈의 앞에는 지필묵이 가지런히 놓였다.

한빈은 흡족한 표정으로 모두에게 외쳤다.

"천지신명께 약속할 필요는 없습니다! 여기 문서에 서명만 해 주시면 됩니다!"

한빈이 아래쪽에 있는 문서를 가리켰다.

순간 여기저기서 헛숨이 흘러나왔다.

"저, 저게 뭔가?"

"사 공자가 계약서를 좋아한다더니 그게 사실이었군."

"그러게 말일세…… 이걸 어떻게 해야 하나?"

그들이 난감해하고 있을 때였다.

한빈이 문서를 가리켰다.

"두려우시면 서명하지 않으셔도 됩니다."

"서명하겠네."

접객당주가 나서서 붓을 들었다.

그는 문서의 내용도 보지 않고 붓을 놀렸다.

한빈이 물었다.

"내용을 확인하지 않으셔도 되겠습니까?"

"나는 겁쟁이가 아니네!"

접객당주가 당당히 소리치자 나머지 당주와 각주 역시 최면에라도 걸린 듯 문서에 서명했다.

모든 것이 눈 깜짝할 사이에 일어났다.

그들을 지켜보던 팽강위가 고개를 갸웃했다.

접객당주는 저리 경솔한 자가 아니었다.

내용도 안 보고 문서에 서명을 한다고?

이건 접객당주의 성격상 있을 수 없는 일이었다.

물론 팽강위도 저 문서의 내용에 대해서는 들어 보지 못했다.

그들이 막 문서에 서명을 마쳤을 때의 일이었다.

마침 문이 열리고 누군가가 들어왔다.

모두는 한빈의 수하일 것이라고 예상하고 눈매를 좁혔다.

하지만 예상과는 다르게 문을 열고 들어온 이는 한빈의 수하가 아니었다.

신형의 주인은 외부에서 임무를 마치고 돌아온 팽혁빈이었다.

팽혁빈은 난데없는 상황이 이해가 안 된다는 듯 주변을 둘러봤다.

팽혁빈이 이리 급하게 돌아온 것은 한빈의 일을 축하하기 위함이었다.

그런데 예상과는 다르게 분위기를 보니 꽤 심각했다.

몇몇 각주가 비장한 표정으로 정체불명의 문서에 서명하고 돌아가는 것이 보였다.

팽혁빈이 다급하게 달려와 팽강위에게 포권했다.

"아버님, 임무를 마치고 복귀했습니다."

"마침 잘 왔다."

상황을 모르는 팽혁빈은 조심스럽게 눈치를 살폈다.

"대체 무슨 일입니까?"

"이것을 보는 것이 빠르겠구나."

"네, 아버님."

팽혁빈은 재빨리 영웅 대회에 관한 서찰을 확인했다.

그때 팽강위가 말을 이었다.

"서찰에 나와 있는 내용 때문에 상의 중이었다."

"아무래도 이상합니다."

서찰을 확인한 팽혁빈이 눈을 가늘게 뜨자 팽강위가 물었다.

"어떤 점에서 이상하다는 것이냐?"

"제가 다녀온 곳이 어디입니까?"

"그러고 보니……. 정의맹 하북 지부가 아니더냐?"

"네, 맞습니다. 그곳에서 지부장과 얘기를 나누는 도중에도 영웅 대회에 대한 언급은 없었습니다. 그렇다는 건……."

"계속 말해 보아라."

팽강위가 재촉하자 원로와 각주 들이 일제히 고개를 끄덕였다.

팽혁빈이 다시 말을 이었다.

"분명히 정의맹의 수뇌부는 숨기는 것이 있을 겁니다. 아마도 그걸 잘 포장해서 누군가에게 넘기려고 하겠지요."

"흠."

"왜 그러십니까? 아버님."

"아니다, 계속해 보아라."

"중요한 것은 넓게 생각할 필요가 없다는 겁니다. 이번 대회에서는 우리 가문만 생각하면 됩니다. 상대가 주는 패를 받으면 위험하다는 생각입니다."

"그 패가 뭐라 생각하느냐?"

"……그건 저도 모르겠습니다."

"흠, 공교롭구나."

"왜 그러십니까?"

"방금 너와 똑같은 말을 한 사람이 있어서 그렇구나."

"저와 똑같은 말을 한 사람이라고요?"

"그자는 이렇게 말했다. 입이 가장 무거운 자를 대표로 보내야 한다고 말이다. 우린 거기까지 회의를 진행했다."

"입이 무거운 자라……. 저는 반대입니다."

한빈의 의견에 반대한다는 팽혁빈의 말에 팽강위가 눈을 가늘게 떴다.

젊은 각주들의 얼굴에도 변화가 찾아왔다.

그들은 고개를 길게 빼며 눈을 빛냈다.

막내 공자 한빈에게 당하고 있었는데 팽혁빈이 반대라고 하니 한 줄기 희망을 본 것이다.

어떤 젊은 각주가 작게 읊조렸다.

"역시 소가주는 혜안이 있어."

"그러게 말일세. 딱 듣자마자 저리 반대하는 것을 보면 판단도 빠르고 말이야."

모두가 웅성대자 가주 팽강위가 턱수염을 쓸어내리며 진지한 표정으로 물었다.

"반대라니? 이유를 말해 보아라."

"입이 무거운 게 아니라……."

팽혁빈은 잠시 말끝을 흐리며 수뇌부를 바라봤다.

시선이 마주친 수뇌부가 마른침을 삼킨다.

그들의 눈빛에는 기대감이 담겨 있었다.

그들을 한 명 한 명 본 팽혁빈이 말을 이었다.

"아예 입을 열지 않을 사람을 뽑는 것이 맞는다고 봅니다."

순간, 여기저기서 헛숨이 터져 나왔다.

마치 세찬 바람이 가주전의 문틈을 타고 새어 나오는 것 같은 착각이 들었다.

팽강위는 그 모습에는 눈길도 주지 않은 채 호기심을 피워 냈다.

"지금까지 의견을 교환한 바로는 이번 영웅 대회에 함정이 도사리고 있을지도 모른다는 점이 핵심이다."

"제 생각도 똑같습니다."

"그럼 너는 가문의 명운이 담긴 영웅 대회에 누굴 보내는 게 좋다고 생각하느냐?"

"그건 숙고해야 할 문제입니다. 그런데 저와 같은 의견을 제시했던 자가 대체 누구입니까?"

팽혁빈의 질문에 모두가 조용히 시선을 돌렸다.

모두의 시선이 한빈에게 고정되었다.

시선을 받은 한빈이 어색하게 웃었다.

"제 얼굴에 뭐라도 묻었습니까? 왜 그렇게……."

"역시 대단하구나. 유림 서원의 수석다운 생각이다."

"수석이라니, 그게 무슨 말씀입니까?"

"동문수학한 유생 중 가장 먼저 과정을 마쳤으니 수석이 아니고 뭐겠느냐! 아우야, 축하한다."

팽혁빈이 한빈을 꼭 끌어안았다.

한빈이 얼떨떨한 표정으로 팽혁빈을 올려다봤다.

한빈은 지금 형의 반응이 상당히 과장되었다고 생각했다.

장유중이 조기 졸업을 지시하긴 했지만, 거기에는 많은 사정이 있었다.

나중에 들은 얘기로는 한빈의 뛰어남은 인정한다고 했다.

생각 같아서는 유림 서원에 오랫동안 잡아 놓고 싶었다고 했다.

문제는 한빈의 위험성이었다.

장유중이 말하기로는 한빈이 위험을 몰고 다니는 사주를 타고난 것 같다고 했다.

그런 이유로 장유중은 유림 서원에서 한빈을 조기 졸업시켰다고 한다.

한빈이 얼마 전 일을 회상하고 있을 때였다.

팽혁빈이 팔에 힘을 주었다.

한빈을 위협하려는 것이 아니라 정이 느껴지는 힘이었다.

한빈은 피하지 않았다.

오래간만에 느껴 보는 가족의 정이었다.

한빈이 형에게 몸을 맡긴 채 어정쩡한 표정을 짓고 있을 때였다.

한참 동안 동생을 부둥켜안던 팽혁빈이 팔을 풀었다.

그는 뭔가 생각났다는 듯 관자놀이를 톡톡 치고는 고개를 돌렸다.

그는 가주 팽강위를 바라봤다.

아들의 시선에 팽강위가 고개를 끄덕였다.

"할 말이 있으면 해 보아라."

"저는 영웅 대회에 갈 대표자를 선임하는 일을 막내에게

맡겼으면 합니다."

"납득할 만한 근거가 있으면 그리하마."

"저는 정의맹의 하북 지부에 다녀오고 나서 낌새가 이상함을 눈치챘습니다. 그런데 한빈은 이곳에 가만히 앉아서 천리를 내다보지 않았습니까? 분명히 좋은 생각이 있다고 봅니다."

팽혁빈이 강력하게 주장하자 팽강위가 고개를 끄덕였다.

나머지 수뇌부도 마지못해 고개를 끄덕였다.

팽강위가 조용히 한빈을 바라봤다.

시선이 마주친 한빈이 살짝 고개를 숙이며 말을 이었다.

"아버님과 형님의 말에 따르겠습니다."

"누가 적합한지 말해 보아라."

"저는 형님이 적합하다고 봅니다, 아버님."

"음."

팽강위가 침음을 삼켰다.

동시에 장내가 술렁이기 시작했다.

"지금 사 공자가 뭐라고 한 거지?"

"그러게 말이네. 아까 사 공자가 무당산이 위험하다고 했잖아."

"그 위험한 곳에 차기 가주를 보낸다고?"

"허허. 혹시……"

"그런 얘기는 하지 말게. 전에 사 공자가 소가주 자리를 양

보했다고 들었네."

"마음이 바뀌었을 수도 있지."

그들은 한빈을 의심하기 시작했다.

분위기가 소란스러워지자 팽혁빈이 손뼉을 쳤다.

짝!

내공이 실려 있는 한 수였다.

그 소리에 모두가 시선을 집중했다.

시선이 모이자 팽혁빈이 말했다.

"가주님과 저는 대표를 뽑는 일을 분명히 막내에게 일임했소. 만약 불만이 있는 자가 있다면 지금 나오시오."

그 말에 모두는 고개를 돌렸다.

상황을 진정시킨 팽혁빈이 한빈을 바라봤다.

시선을 받은 한빈이 말을 이었다.

"위험하다고는 하지만, 가문을 대표할 자가 직접 가는 것이 맞는다고 생각합니다."

그때였다.

현무각주가 조심스럽게 한 발 앞으로 나왔다.

"아까는 분명히 진천뢰와 독이 난무할 수도 있다고 겁을 주지 않았습니까? 그런데 차기 가주를 영웅 대회에 보낸다고 하시면 어떻게 합니까?"

"형님의 안전은 걱정 안 하셔도 됩니다."

"그게 무슨 말씀입니까?"

"안전을 보장할 고수에게 형님의 호위를 부탁할 예정입니다."

"……."

현무각주가 눈을 가늘게 뜨고 한빈의 다음 말을 기다렸다.

그 모습에 한빈이 모두를 둘러보며 말을 이었다.

"호위는 제가 아는 사람 중 뽑겠습니다. 그래서 방금 각주들의 서약서를 받은 것이지요."

"설마 우리 중에……."

현무각주가 말끝을 흐리자 한빈이 넌지시 물었다.

"현무각주님이 호위를 맡으시겠습니까?"

"아니오, 그런 막중한 임무를 맡기엔……."

현무각주가 슬쩍 한 발 뒤로 물러났다.

나서고 싶긴 하지만, 자신은 무공에서 소가주 팽혁빈보다 뒤처진다.

그렇다는 것은 짐밖에 안 된다는 뜻이다.

거기에 더해 무당산으로 향하는 길은 조금 찜찜하기도 했다.

현무각주는 조심스레 한빈을 살폈다.

그가 보기에 이곳에서 가장 수상한 사람은 사 공자였다.

위험하다고 선포한 곳에 자신의 형, 즉 팽혁빈을 보낸다고 했다.

거기에 팽혁빈의 안전을 책임질 호위는 막내 공자 한빈이 뽑는다고 했다.

도무지 이해는 안 가지만, 반박할 꼬투리가 없었다.

가주도 팽혁빈도 사 공자를 모두 믿고 있으니 말이다.

현무각주는 주변을 둘러봤다.

팽혁빈이 한빈의 어깨를 토닥이고 있었다.

내용을 쏙 빼놓고 이 장면만 보면 아무런 문제도 없는 느낌이었다.

그 모습에 팽강위도 고개를 끄덕였다.

"그럼 차질 없이 준비하도록 하여라."

말을 마친 팽강위가 태사의 옆에 있는 거도를 들었다.

그러고는 바닥을 찍었다.

쿵!

회의에 대한 결론이 났다는 신호였다.

동시에 모든 원로와 각주 들이 그들의 도(刀)를 바닥에 찍었다.

쿵! 쿵!

가주가 내린 지시에 대한 존경의 표시였다.

***

가주전에서 이루어진 회의 이후.

수뇌부는 잠시 현무각에 모였다. 가주전에서 오간 대화를 정리하기 위함이었다.

그들은 버릇처럼 자신들의 목을 매만졌다.

마치 목줄을 찬 기분이 들어서였다.

누구 하나만이 아니었다.

모두가 목을 매만지고 있었다. 그때 나이가 지긋한 원로들이 자리에서 일어났다.

피곤한지 그들의 눈 밑에는 검은 자국이 짙게 깔려 있었다.

가장 마지막에 일어난 것은 막내 공자 한빈에게 당당히 맞섰던 접객당주였다.

접객당주는 자리에서 일어나 모두를 바라보며 수염을 쓰다듬었다.

"오늘 모두 고생했네. 내가 나선다고 나섰는데……. 젊은 각주들에게 폐가 된 것은 아닌지 모르겠네."

"아닙니다. 그나마 접객당주님께서 나서 주셔서 저희가 할 말을 할 수 있었습니다."

"아니네."

"겸손하실 필요 없습니다. 접객당주님 덕분에 저희의 기개를 보여 줄 수 있었습니다."

"그렇게 생각해 준다니 고맙네."

접객당주는 온화한 미소를 지으며 모두를 바라봤다.

몇 마디 덕담을 끝낸 접객당주는 아쉬운 표정을 지은 채 현무각을 빠져나왔다.

현무각을 빠져나온 접객당주는 조용히 뒤를 돌아봤다.

현무각의 안쪽에는 호롱불이 일렁거리고 있었다.

덕분에 여러 개의 그림자가 뒤엉킨다.

그 모습을 보고 있던 접객당주가 혼잣말을 뱉었다.

"미안하네, 다들⋯⋯."

뜻 모를 말을 뱉어 낸 접객당주는 어딘가를 향해 정중하게 고개를 숙였다.

누가 보면 고개를 갸웃할 장면이었다.

우연인지 막내 공자 한빈의 처소가 있는 방향이었기 때문이다.

물론 우연은 아니었다.

모든 것이 한빈의 부탁으로 이루어진 한 편의 경극이었다.

한빈과 맞서 토론을 펼친 것도.

한빈의 말에 자신 있게 서명을 한 것도.

모두가 한빈의 부탁 때문이었다.

접객당주는 몇 개월 전 일을 떠올렸다.

그의 큰아들은 원인 모를 병에 걸렸었다.

접객당주는 전 재산을 모두 쏟아부었지만, 큰아들은 일어나지 못했다.

그때 도움을 준 것이 바로 막내 공자 한빈이었다.

접객당주는 신의라 칭송받는 천수장주를 찾아갔고 그게 한빈이라는 것을 알게 되었다.

　아쉽게도 한빈은 이미 유림 서원으로 떠나긴 했지만, 그곳에는 천수장주 다음 가는 신의가 존재하고 있었다.

　그의 이름은 장자명이었다.

　장자명은 접객당주의 아들 얘기를 듣더니 피식 웃으며 안내하라고 했다.

　장자명이 접객당주의 집에 다녀간 다음 날, 큰아들은 자리에서 일어났다.

　접객당주는 장자명을 찾아가 몇 번이고 사례하려고 했지만, 그는 한사코 거절했다.

　천수장주인 한빈이 몇 가지 질병에 대해서 당부해 놓고 가며 그 병에 대해서는 사례를 받지 말라고 했다고 했다.

　접객당주는 당시 막내 공자 한빈이 천리안이라도 가진 것은 아닌가 의심했었다.

　접객당주에게 한빈은 가문에서의 인연 이상이었다.

　그런 한빈이 부탁을 했으니 접객당주는 수락하지 않을 수 없었던 것.

　물론 가벼운 부탁은 아니었다.

　어떻게 보면 하북팽가의 식솔 모두에게 목줄을 채우는 일이었으니까.

　지금 현무각에 모여 있는 뒤섞인 그림자를 보고 있으려니 살짝 마음이 무겁긴 했다.

하지만 빚을 일부라도 갚았다고 생각하니 접객당주의 마음은 그 어느 때보다 가벼웠다.

⚜

나이 든 수뇌부가 떠나자 젊은 각주들은 계속 토론을 이어나갔다.

대화를 나누던 그들은 서약서에 서명한 대목이 오자 모두 꿀 먹은 벙어리가 되었다.

자신들이 왜 서약서에 서명했는지 모르는 각주들도 태반이었다.

그들은 군중심리에 의해서 붓을 들었다는 것을 인정하지 않을 수 없었다.

현무각에 모여서 의견을 나누기 시작한 그들은 곧 머리를 감싸 쥐고 불만을 토로했다.

"대체 그 서약서에 서명을 왜 한 겁니까?"

"저보다 백호각주가 먼저 서명하지 않았소이까?"

"그야……."

백호각주는 말끝을 흐렸다.

그때였다.

누군가 고개를 갸웃하며 물었다.

"그런데 서약서의 내용이 대체 뭐였습니까? 저는 앞의 분이 하길래 확인도 안 하고 서명했습니다."

"그, 그게 무슨 말입니까? 저도 모두가 서명하기에 그냥 한 겁니다."

"그럼 대체 누가 내용을 확인했다는 말입니까?"

"그러게 말입니다. 가장 먼저 서명한 사람이 누구입니까?"

그들은 서로를 바라봤다.

이곳에 자신이 먼저 서명했다고 손을 드는 이는 아무도 없었다.

그때 주작각주가 조심스럽게 나섰다.

"접객당주님이 가장 먼저 서명하신 거로 알고 있습니다."

"접객당주님이요? 접객당주님은 요즘 들어 시력도 나빠졌다고 하지 않았습니까?"

백호각주가 고개를 갸웃하며 묻자 모두가 서로를 바라봤다.

잠시 대화가 끊겼다.

그때 현무각주가 끼어들었다.

"접객당주님이 시력이 나쁘다고요? 생각해 보니 저도 접객당주님을 따라 서명했는데……."

말을 마친 현무각주의 눈빛이 살짝 흔들렸다.

주작각주가 어이없다는 표정으로 자신의 오른손을 바라봤다.

"워낙 꼼꼼한 분이시니, 저도 마찬가지로 접객당주님을 믿었습니다."

"그럼 저희 모두 눈이 잘 안 보이는 접객당주님을 믿고……. 허."

누군가가 한숨을 쉬자 주작각주가 눈을 가늘게 뜨고 말했다.

"혹시, 막내 공자의 간계가 아닐까요?"

"설마요……."

모두는 말끝을 흐리며 어딘가를 바라봤다.

그들이 바라보는 방향은 물론 한빈의 처소가 있는 곳이었다.

⁂

다음 날 오전.

아침부터 한빈의 처소에서는 주향(酒香)이 은은하게 퍼지고 있었다.

한빈과 팽혁빈 두 형제가 술잔을 마주하고 있었던 것.

팽혁빈은 백아주를 단번에 입에 털어 넣었다.

그러고는 한빈을 바라봤다.

팽혁빈은 동생에게 궁금한 것이 많았다.

"막내야. 사정이 있는 것 같아 그때는 물어보지 않았지만,

원로들에게 너무 강압적이었던 게 아니더냐?"

"아닙니다. 옛말에 수신제가가 먼저라 하지 않았습니까?"

"가문을 다스리는 것은 그들의 마음을 품어야 하는 법이다. 그런데 종이 한 장으로 가능하겠느냐?"

"종이 한 장으로 그들의 마음을 품을 수는 없지만, 가문의 균열을 막을 수는 있지요."

"허, 네가 무슨 속셈인지 알 수 없구나. 솔직한 네 마음을 들었으면 좋겠다!"

팽혁빈은 눈을 가늘게 뜨고 한빈을 바라봤다.

그는 얼마 전부터 동생 한빈이 팥으로 메주를 쑨다고 해도 믿을 동생 바보가 되었다.

그런데 이번은 조금 일을 크게 벌였다.

그때 한빈이 술을 들이켜더니 손가락을 튕겼다.

딱!

그다지 크지 않은 소리였다.

동시에 문이 열리고 하얀색 신형이 한빈이 있는 쪽으로 빠르게 달려왔다.

신형은 한빈과 팽혁빈 앞 탁자에 멈췄다.

누군가 미소를 지으며 두 형제를 번갈아 바라봤다.

보따리를 들고 있는 설화였다.

순간 팽혁빈이 입을 벌렸다.

그 모습에 한빈이 물었다.

"형님, 갑자기 왜 그리 놀라십니까?"

"내가 이제까지 생각 못 한 게 하나 있다."

팽혁빈이 미간을 좁혔다.

팽혁빈은 지금 의심 가득한 눈초리로 설화를 바라보고 있었다.

그 모습에 한빈이 물었다.

"그게 무엇입니까?"

"대체 설화와 청화에게 무슨 짓을 한 것이냐? 동생아."

"그게 무슨 말씀입니까? 형님."

"아무리 생각해 봐도……. 이건 고도의 훈련을 받지 않고서는 있을 수 없는 일이라는 생각이 들어서 말이다. 지금 설화의 걸음은 무공을 익히지 않은 자가 봤다면 이형환위로 착각할 수준의 경공술이 아니더냐!"

팽혁빈의 질문에 한빈이 아무렇지 않게 답했다.

"그야, 구걸십팔보를 익혔으니까 그렇죠."

"그것뿐이 아니다. 지금 손가락 튕기는 소리를 밖에서 들었다는 것은 천리지청술(千里地聽術)이라도 하지 않고서야 불가능한 일이라고 생각한다."

"흠."

한빈은 팔짱을 끼고 팽혁빈을 바라봤다.

한빈은 자신의 형인 팽혁빈이 설화의 무공이 예사롭지 않다는 것을 이제야 느꼈다는 것이 신기했다.

이 질문은 이미 한 번은 나왔어야 할 질문이었다.

하지만 설화나 청화의 사정에 대해서 곧이곧대로 말해 줄 수는 없는 일이었다.

특급 살수였던 설화의 전직을 얘기해 줄 수도.

천독의 행동대장이었던 청화의 전직도 말할 수 없었다.

거기에 설화와 청화는 실제 나이보다 외모가 많이 어려 보였다.

만약에 이걸 밝힌다면?

아마 하북팽가가 뒤집힐 소란이 일어날 것이었다.

생각을 마친 한빈은 아무렇지 않게 미소를 띤 채 말을 이었다.

"강철은 두드리면 강해지는 법입니다."

"……."

"설화와 청화는 강철에 가까운 아이들입니다. 강철은 강철에 맞게 단련해야 하는 법이지요."

"그럼 설화와 청화를 네가 저리 만들었다는 말이더냐?"

"참, 제가 한 이야기가 아닙니다."

"네가 한 이야기가 아니라면 대체……."

"홍칠개 사부님이 한 말입니다."

한빈은 모든 것을 홍칠개에게 돌리기로 했다.

근거는 있었다. 구걸십팔보는 홍칠개의 무공이었다.

홍칠개에게 모든 것을 뒤집어씌우면 누구도 깊이 물어보

지 못할 것이었다.

자신이 이리 단련시켰다고 한다면 모질다는 말을 들을 수도 있는 법.

한빈은 팽혁빈에게만큼은 그런 말을 듣고 싶지 않았다.

"아······."

팽혁빈은 탄성을 질렀다.

그것도 잠시, 팽혁빈이 눈을 가늘게 뜨고 설화를 바라봤다.

물론 무인이라면 감탄하겠지만, 팽혁빈이 보기에 설화는 한창 또래와 어울려야 할 나이였다.

그런데 무가의 여식보다 더 혹독한 수련을 이어 가고 있는 것 같았다.

거기에 설화나 청화, 둘 다 이제는 당씨 성을 쓰는 처지였다.

한빈의 옆에서 시녀 역할을 하는 것이 조금 걸리기도 했다.

이건 어찌 보면 사천당가와 문제가 될 수도 있는 일이었다.

팽혁빈은 자신의 생각을 솔직히 털어놓기로 했다.

"나는 설화와 청화가 다른 또래 아이들처럼 지냈으면 좋겠다는 생각이 든다."

그때 설화가 말했다.

"저는 공자님을 돕는 게 좋아요."

"허허."

팽혁빈은 자신도 모르게 웃었다.

그는 조용히 한빈을 바라봤다.

팽혁빈은 표정으로 한빈에게 마치 '참 복도 많은 놈'이라고 말하는 것 같았다.

그때였다.

설화가 탁자 위에 올려놓은 보따리를 풀었다.

순간 손가락 한 마디만 한 대나무 통이 굴러떨어졌다.

도로록.

보따리의 안에 들어 있는 물건을 본 팽혁빈이 눈을 크게 떴다.

"이게 다 무엇이냐? 설마……."

"생각하시는 대로입니다."

"이 많은 전서 통을 왜 준비했단 말이냐? 이 많은 전서를 어디로 보낼 예정이냐?"

"이건 제가 보낼 것이 아닙니다."

"지금 보낼 것이 아니라고 했느냐?"

"네, 맞습니다. 하북팽가를 중심으로 십 리 안에 날아다니는 비둘기를 모두 잡았습니다. 물론 아무도 모르게요."

"흠."

"참고로 어젯밤 사이에 잡은 비둘기의 다리에는 이렇게 전서가 매달려 있었습니다. 일단 확인해 보겠습니다."

말을 마친 한빈은 전서 통을 꺼냈다.

순간 팽혁빈이 눈을 크게 떴다.

한빈은 팽혁빈의 표정에 아랑곳하지 않고 조용히 전서 통에서 쪽지를 꺼냈다.

그러고는 전서 통의 옆에 쪽지를 펼쳐 놨다.

쪽지의 내용은 하나같이 똑같았다.

하북팽가의 소가주 무당산행!

팽가 소가주를 고수가 호위하기로 예정.

모든 것이 가주전에서 논의되었던 회의 내용들이었다.

얼핏 봐도 전서 통은 스무 개가 넘었다.

팽혁빈이 분노한 듯 탁자를 내리쳤다.

탁!

그 소리에 한빈이 재빨리 손바닥을 보였다.

"형님, 일단 진정하시지요."

"가문에 배신자가 이리 많다니!"

"그건 형님의 오해입니다."

"오해라?"

"제가 말씀드리지 않았습니까? 이건 십 리 안에 날아다니는 전서구입니다."

"네 생각은 무엇이냐?"

"이걸 마저 보시지요."

한빈이 손가락을 튕겼다.

딱!

그 소리에 이번에는 청화가 나타났다.

이번에도 팽혁빈은 안타깝다는 눈으로 청화를 바라봤다.

청화는 아무렇지 않게 품에서 쪽지 하나를 꺼냈다.

"공자님, 여기요."

"그래, 수고했다."

한빈은 쪽지를 팽혁빈의 앞에 내밀었다.

"이건 하북팽가의 오백 걸음 안쪽에서 잡은 전서구에서 얻은 쪽지입니다. 저는 원본을 얻고 그대로 베낀 쪽지를 전서구에 매달아 다시 날렸죠. 그 결과가 바로 여기 있는 스무 개가 넘는 전서 통입니다."

한빈이 말한 핵심은 누군가 정보를 외부에 팔았고 이 차로 가공된 정보가 하북 지역 밖으로 유출되고 있다는 것이다.

한빈이 전서 통을 가리키자 팽혁빈이 물었다.

"그렇다면 이 전서 통의 주인이 가문의 배신자라는 것이냐?"

"배신자까지는 아니고요. 부수입이 필요해서 정보를 넘긴 것이겠죠."

"그럼 그자를 찾는 것이 먼저겠구나."

"찾는 방법도 간단합니다."

말을 마친 한빈은 뒤쪽에서 문서 더미를 꺼냈다.

한빈이 문서 더미를 탁자 위에 올려놓자 팽혁빈은 질문했다.

"이건 서약서가 아니더냐?"

"네, 맞습니다. 이 서약서는 겸사겸사 받은 것입니다. 이 쪽지의 주인은 분명히 서약을 한 이 중에 있을 겁니다."

한빈은 하북팽가 오백 걸음 내에서 구했다는 전서와 서약서를 가리켰다.

잠시 후.

팽혁빈은 한숨을 깊숙이 삼켰다.

"후."

"그런 표정 짓지 마십시오."

"그가 가문을 배신할 줄이야."

"그가 배신한 것이 문제가 아니라……. 원인이 문제라고 생각합니다."

한빈은 눈을 가늘게 뜨며 얼마 전 일을 떠올렸다.

그것은 접객당주와의 일이었다.

한빈은 위씨세가가 수뇌부 중 누군가에게 손을 썼다고 확신하고 조사하기 시작했다.

하지만 위씨세가가 모두 와해되고 나서 문제가 생겼다.

그 끈이 사라진 것이다.

그때 눈여겨본 것이 바로 접객당주였다.

접객당주의 큰아들이 원인 불명의 병에 걸렸던 것이다.

위씨세가는 접객당주의 약점만 틀어쥔 채 사라져 버렸다.

물론 결론적으로는 접객당주의 마음을 얻었다.

그때 결심한 것이 바로 수신제가였다.

어떤 상황이 와도 가문이 흔들리지 않도록 준비를 해야 했다.

한빈은 접객당주에 대한 말을 하지 않았다.

그저 조용히 웃었다.

그 웃음에 팽혁빈도 마주 웃었다.

"내가 아우에게 한 수 배웠다. 가문을 조금 더 세심하게 살피겠다. 그런데 마지막으로 하나만 더 물어보자꾸나."

"네, 말씀하시지요."

"나를 호위할 고수로 뽑을 자는 누군지 궁금하구나."

"바로 접니다!"

"아……!"

팽혁빈은 입을 크게 벌렸다.

그때 한빈이 조심스럽게 말을 이었다.

"형님, 저도 부탁 하나만 해도 되겠습니까?"

"부탁이라……."

팽혁빈은 한빈의 눈을 바라봤다.

한빈은 조금의 사심도 없는 맑은 눈빛을 하고 있었다.

아직 강호에 물들지 않은 순수함이었다.

물론 그것은 팽혁빈의 착각일 뿐이었다.

두 번째 인생을 사는 한빈에게 순수함이 남아 있을 리는
없었다.

한빈은 조용히 말을 이었다.

"그러니까……."

무당파로 떠나기 열흘 전.

하북팽가는 그 어느 때보다 더 조용했다.

사 공자는 연무장에서 적혈맹호대와 수련을 할 뿐 별다른
일을 벌이지 않았다.

지금 한빈의 모습은 각주들에게 눈엣가시와도 같았다.

영웅 대회로 가는 준비는 모두 한빈이 알아서 하겠다고 선
포한 상황이었다.

그런데 한빈은 빈둥거리기만 했다.

전서구 몇 마리가 날아가는 것을 보긴 했다.

그런데 거기까지였다.

하북팽가로 오는 물건도 없었고 손님도 없었다.

평소에 왕래하던 상인들과의 거래도 더욱 줄었다.

큰일을 앞두고 있다는 생각이 들지 않을 정도였다.

거기에 가주 팽강위는 폐관 수련에 들었다.

수련에 매진할 테니 나머지는 소가주인 팽혁빈이 알아서 하라는 말만 남긴 상태였다.

문제는 팽혁빈도 이번 행렬에 대한 준비에 손을 놓고 있다는 점이다.

주작각주 가기군은 현 상황을 몇 번이고 팽혁빈에게 말했다.

하지만 팽혁빈은 기다려 보라고만 할 뿐, 별다른 지시를 내리지 않았다.

결국 주작각주 가기군은 다른 젊은 각주들과 함께 집법당주 팽대위를 찾아갔다.

물론 결과는 똑같았다.

그들은 팽대위의 얼굴도 보지 못했다.

참다못한 젊은 각주들은 오늘 다시 현무각에서 모이기로 했다.

새로운 물결

현무각에 모인 젊은 각주들이 대화를 나누고 있을 때였
다.

갑자기 문이 열렸다.

덜컹!

열린 문으로 들어온 것은 다름 아닌 팽혁빈이었다.

팽혁빈의 분위기는 평소와 달랐다.

마치 얼굴에 얼음을 덮고 있는 것처럼 감정을 드러내지 않
았다.

거기에 바쁘다고 만나 주지 않았던 집법당주 팽대위까지
나란히 걸어오고 있었다.

순간 그들은 대화를 멈추고 자리에서 일어났다.

터벅터벅.

집법당주 팽대위의 발걸음에 유난히 무게를 실려 있었다.

젊은 각주들은 자리에서 일어났다.

주작각주와 현무각주가 서로를 바라봤다.

지금 무슨 상황인지 알고 있냐는 신호였다.

둘이 동시에 고개를 살짝 흔들었다.

다른 이들도 팽혁빈과 집법당주가 왜 이곳에 들이닥쳤는지 알지 못했다.

터벅터벅.

발소리가 점점 가까워지자 젊은 각주들의 이마에 팔자 주름이 저절로 생겼다.

그중 가장 불만이 있는 사람은 주작각주였다.

대내외의 정보를 책임지는 주작각주는 지금 하북팽가가 어떻게 돌아가는지 훤히 알고 있었다.

주작각주가 평가하는 하북팽가는 하북에 웅크린 호랑이가 아니었다.

현 상태를 보면 하북팽가는 호랑이에 날개를 단 격이었다.

그 중심에는 물론 막내 공자 한빈과 차기 가주 팽혁빈의 활약이 있었다.

그 활약은 대내외적으로 많이 묻혀 있었다.

황궁 덕분에 묻힌 사건도 있었고.

정의맹이 묻은 것도 있었다.

주작각주는 지금이 하북팽가가 날아올라야 할 때라고 생각했다.

그런데 웅크리자고?

이것은 말도 되지 않았다.

거기까지도 이해할 수 있었다.

가장 실망한 것은 바로 직계들의 태도였다.

무림세가가 강해진다는 것은 무엇을 의미하는 것일까?

가주의 무위가 무림세가의 세력을 의미할까?

아니면, 직계의 무력이 힘의 척도일까?

주작각주는 모두 아니라고 생각했다.

가문 전체가 강해지는 것이 진정한 가문의 전력을 높이는 방법이라고 생각했다.

그런데 지금 가문의 중심인 젊은 각주들에게는 아무런 혜택도 없었다.

젊은 각주들의 힘을 키우려는 의지는 조금도 보이지 않았다.

심지어 무력대조차 막내 공자 한빈의 적혈맹호대만이 변화를 보이고 있었다.

다른 무력대들은 제자리걸음만 하고 있었다.

거기에 천수장에서 돌아온 서기들은 어떤 깨달음을 얻었는지 분위기가 바뀌어 있었다.

이런 변화의 원인을 젊은 각주들은 모르고 있었다.

중요한 일에 소외되는 느낌이었다.

주작각주는 눈을 빛냈다.

이번 기회에 할 말은 하겠다고 결심한 것이다.

주작각주가 입술을 달싹이고 있을 때였다.

탁.

집법당주 팽대위가 거대한 산처럼 주작각주의 앞에 멈췄다.

"주작각주, 할 말 있는가?"

"어, 없습니다."

주작각주는 고개를 흔들었다.

실로 빠른 태세 전환이었다.

팽가의 둘째 호랑이라 불리는 집법당주 팽대위가 앞에 서자 할 말을 잃어버린 것이다.

팽대위는 집법당주에 오른 뒤 항상 힘으로 가문을 지배했다.

사실 그가 무력을 쓴 횟수는 그리 많지 않았다.

하지만 가문 내에서 벌인 몇 번의 비무가 강렬했기에 모두는 그에게 자연스럽게 굴복했다.

거기에 귀밑에서 턱까지 이어진 흉터는 어떤가?

그 흉터와 관련된 전설적인 이야기가 있었다.

하남정가와 하북팽가의 상행을 노리고 들어온 산적들에

홀로 맞서 물품을 지켜 낸 것이 그였다.

무려 삼십 대 일로 싸워서 말이다.

턱에 생긴 검상은 그때 생긴 흉터라고 한다.

그때 동행한 인물 중에는 접객당주 같은 원로도 있었으니 그의 공적은 믿을 만했다.

나중에 추가 병력이 도착했을 때는 피를 흠뻑 뒤집어쓴 팽대위 혼자 산중에 서 있었다고 한다.

그것도 손에 술병을 든 채 말이다.

그때의 일을 듣고 눈을 마주할 사람은 없었다.

가문을 위해 조언하려던 주작각주도 팽대위의 눈빛을 보는 순간 물러설 수밖에 없었다.

거기에 오늘은 문을 들어설 때부터 기세를 피워 내고 있었다.

그때 팽대위가 고개를 갸웃하며 도를 쓰다듬었다.

"아닌 것 같은데?"

"흠."

주작각주는 자신도 모르게 마른침을 삼켰다.

꿀렁이는 목울대가 보일 정도였다.

그때 팽대위의 뒤쪽에서 팽혁빈이 나왔다.

팽혁빈은 앞으로 나와서 부드러운 목소리로 말했다.

"오늘 내가 여기에 온 것은 젊은 각주들에게 할 말이 있어서이니, 다들 안심하시게."

말을 마친 팽혁빈은 손뼉을 쳤다.

짝짝.

순간 젊은 각주들은 어깨를 움찔했다.

가장 앞에 서 있던 주작각주도 마찬가지였다.

주작각주는 속으로 혀를 찼다.

저렇게 손뼉을 친다든가 손가락을 튕기는 행위는 막내 공자 한빈의 버릇이었다.

문제는 저럴 때마다 안 좋은 일이 생긴다는 점이었다.

주작각주는 뒤쪽의 문을 보며 눈을 가늘게 떴다.

그때 누군가 여러 권의 서책을 들고 왔다.

서책이 얼마나 많은지 들고 온 이의 얼굴이 안 보일 정도였다.

심지어 서책을 들고 오는 이의 모습은 아슬아슬했다.

탑처럼 일직선으로 쌓인 서책이 쓰러질 법한데, 묘하게 무게중심을 잡고 있었다.

아슬아슬하게 중심을 잡고 서책을 들고 오던 이가 팽혁빈의 옆까지 왔다.

팽혁빈이 옆을 보며 말했다.

"아우야, 이제는 내려놔도 될 것 같다."

순간, 주작각주를 비롯한 젊은 각주들의 표정이 사정없이 구겨졌다.

팽혁빈이 동생이라고 부를 사람은 막내 공자 한빈밖에는

없었다.

막내 공자가 여기에 왔다는 것은?

젊은 각주들을 핍박하기 위해 온 것이라고 볼 수밖에 없었다.

주작각주는 주위를 둘러봤다.

현무각주와 백호각주 그리고 다른 각주들이 똑같은 표정을 짓고 있다.

마치 깨진 접시처럼 표정에 금이 가 있었다.

모두의 뜨거운 시선을 받은 한빈이 손에 들고 있던 서책을 내려놨다.

툭.

서책을 내려놓자 활짝 웃고 있는 한빈의 얼굴이 드러났다.

서책을 내려놓은 한빈은 주변을 바라봤다.

역시 예상대로 모두가 똥 씹은 표정을 하고 있었다.

모두의 표정을 확인한 한빈은 허리까지 쌓인 서책을 쳤다.

탁!

순간 모두의 시선이 서책에 모인 것은 당연한 일이었다.

모두의 시선을 모은 한빈이 말했다.

"이게 무슨 서책일까요? 혹시 아는 각주님 계실까요?"

"……."

아무도 입을 열지 않았다.

젊은 각주들은 서로를 바라보며 입 모양으로 말했다.

서책의 정체를 아느냐는 뜻이었다.

그때 주작각주의 눈빛이 살짝 떨렸다.

묘한 주작각주의 표정에 현무각주가 귓속말로 물었다.

"자네는 아는 것 같군?"

"아무래도 장부 같네."

"장부라니, 그게 무슨 말인가?"

"살생부."

"지, 지금 뭐라고 했나?"

"아무래도 살생부 같네."

"살생부가 저리 많으면 대체 몇 명의 이름이 적혔단 말인가? 그리고 누구의 살생부라는 말인가?"

"우리의 살생부일 것이네."

"그게 무슨 말인가?"

현무각주는 자신도 모르게 목소리를 높였다.

순간 웅성대기 시작했다.

그들은 옆에 집법당주와 팽혁빈이 있다는 사실조차 잊고 주작각주의 주변으로 몰려들었다.

백호각주가 물었다.

"대체 무슨 말인가? 주작각주."

"저건 우리의 죄가 담긴 장부가 분명하네."

"왜 저런 장부를 들고 왔단 말인가?"

"한마디로 토사구팽이지."

이제는 주작각주도 목소리를 높였다.

백호각주가 다시 물었다.

"우리한테 무슨 죄가 있단 말인가?"

"죄가 없다고?"

"……."

"털어서 먼지 안 나올 사람이 어디 있던가? 자네는 죄가 없는가?"

"그, 그게……."

백호각주는 말끝을 흐렸다.

그 모습에 주작각주가 말했다.

"지난번에 우리가 쓴 서약서 기억나나?"

"그 서약서는 지금 왜 말하는 것인가?"

"우리를 치죄하기 위한 도구 같네."

"그럼 사 공자님이 우리를 함정에 빠뜨리기 위해……."

백호각주가 한빈을 바라봤다.

그를 따라 모두의 시선이 한빈에게 모였다.

그 시선을 받은 한빈이 고개를 갸웃했다.

그것도 잠시, 한빈은 어색하게 웃으며 입을 열었다.

"다들 저를 그렇게 생각하고 계셨군요."

"……."

답하는 이는 아무도 없었다.

그 모습에 한빈은 웃음을 지웠다.

"여러분의 예상 중 반은 맞았습니다. 이 서책은 여러분의 인생을 바꿔 줄 물건이 맞습니다."

한빈의 말에 여기저기서 한숨 소리가 울렸다.

"휴."

"아니, 왜 우리를……."

"대체 사 공자는 우리한테 무슨 억하심정이 있기에!"

그들의 한숨 소리가 실내를 가득 채울 때, 주작각주가 한 걸음 앞으로 나왔다.

"죽을 때 죽더라도 할 말은 해야겠습니다."

"말해 보시지요, 주작각주."

"왜 우리를 소외시키신 겁니까? 오늘처럼 우리를 버리기 위해 이제껏 우리를 소외시켜 온 겁니까? 솔직히 저는 서운합니다. 사 공자의 주변 사람만 강해지지 않았습니까? 우리를 가문의 식구라 생각하셨다면 콩 한쪽이라도 나눠 먹어야 했습니다."

"콩 한쪽이라도 나눠 먹는 게 옳다고 생각하십니까? 주작각주."

"당연히 그래야 합니다. 저는 그럴 권리가 있다고 생각합니다. 가문을 위해 정보를 수집하면서 밤낮을 가리지 않았습니다. 피를 토하는 날도 정보 수집을 위해서 쉬지 않았습니다. 다른 각주들도 마찬가지입니다. 물론 사람이기에 실수도 있고 욕심으로 인한 죄도 지었습니다. 하지만 죄보다는 공이 많다고 생각합니다."

"어떤 죄가 있다고 생각하십니까?"

"……."

"주작각주가 아니라 다른 각주께서 대답하셔도 됩니다. 여러분께 어떤 죄가 있기에 제가 이 서책을 들고 왔다고 생각하십니까?"

한빈은 모두를 바라봤다.

몇몇 각주들의 입이 달싹인다.

하지만 그들의 입은 열리지 않았다.

그때 주작각주가 나섰다.

"정보비 중 일부로 기루에 갔소이다. 사실 그것도 정보 수집을 위해서이지, 내 개인의 욕망을 위해서는 아니었소. 이런 것이 죄라 한다면 내 목을 치시오."

악이 받친 주작각주는 목을 내밀었다.

그 모습을 지켜보던 팽대위와 팽혁빈이 헛웃음을 지었다.

주작각주는 눈이 시뻘게져서 다시 말을 이었다.

"이제는 비웃으시는군요, 집법당주님."

"비웃는 게 아니네. 그리고 다른 각주들도 할 말이 있으면 해 보시게!"

팽대위가 내공을 담아 외쳤다.

움찔하던 각주들이 서로 눈치를 보다가 너 나 할 것 없이 나서기 시작했다.

그들은 자신의 죄를 남김없이 털어놨다.

물론 그 죄보다 공이 많다는 것을 강조했다.

젊은 각주들은 자신의 죄와 공을 가감 없이 털어놓으며 쏘아붙였다.

그들의 토로는 반 시진이 넘게 이어졌다.

팽대위는 그들의 말을 그저 웃음으로 받고 있었다.

젊은 각주들의 눈에는 그 웃음이 비웃음으로 보였다.

그들은 감정이 복받쳤는지 바닥에 가라앉았던 속마음을 모두 내보였다.

마지막 고성이 현무각에 울려 퍼졌다.

"……저는 여기까지입니다!"

내공까지 담아 속마음을 외친 젊은 각주들은 허탈한지 어깨를 늘어뜨렸다.

그때 주작각주가 앞으로 나왔다.

"우리의 무공을 폐지할 겁니까?"

"그게 무슨 말입니까?"

"우리를 그냥 쫓아낼 것 같지는 않아서 하는 말입니다."

주작각주가 날을 세웠다.

그는 강호의 법칙을 말하고 있었다.

무인이 속한 문파에서 나온 후에는 그곳에서 배운 무공을 다시 써서는 안 된다.

하지만 그것은 불가능한 일이었다.

무공은 본능에 가까웠다.

젓가락을 잡는 것조차 문파 무공의 영향을 받기 마련이다.

그래서 쓰는 방법이 단전을 깨뜨리는 것이다.

주작각주는 그 방법을 떠올리고 분노하는 중이었다.

그때 한빈이 쌓아 놓은 서책 중 하나를 내밀었다.

서책을 내민 한빈이 턱짓했다.

"일단 보시죠."

"……."

이를 악문 주작각주가 서책을 확인했다.

첫 장을 넘긴 주작각주의 눈이 한계까지 커졌다.

어찌나 눈을 크게 떴는지 주작각주는 눈알이 튀어나올 것처럼 놀라고 있었다.

주작각주의 모습에 주변에 있던 젊은 각주들은 어깨를 가늘게 떨었다.

주작각주가 저리 놀랄 정도면 저 장부 속에 있는 죄목이 놀랍다는 뜻이었다.

자신도 모르는 죄목.

이것은 정말 무서운 일이었다.

강호 속담에 이런 말이 있다.

'제자가 미우면 없는 죄도 만든다!'

이 말은 여기에 딱 들어맞는 속담이었다.

만약 저 장부 안에 있는 것이 자신들이 저지르지 않은 죄라면?

어떤 벌을 받을지 예상도 되지 않았다.

최악에는 주작각주의 말대로 무공을 폐지하는 수준까지 갈 수도 되었다.

몇몇 각주는 주화입마에 든 것처럼 몸을 부르르 떨었다. 하지만 대부분의 각주는 숨도 쉬지 않고 상황을 지켜보고 있었다.

마지막까지 자신의 죄를 돌이켜 보고 있던 것이다.

그때였다.

주작각주가 입을 열었다.

"이, 이걸 왜 저한테 주신 겁니까? 어, 어떻게 된 겁니까? 사 공자님."

주작각주의 목소리가 조금 이상했다.

마치 울 것 같았다.

감정이 복받친 듯 그의 목소리가 떨렸다.

뒤쪽에서 보고 있던 젊은 각주들은 눈을 크게 떴다.

방금까지 악을 쓰며 당당히 맞서던 주작각주였다.

그런데 지금은 어깨를 떨고 있었다.

과연 그를 이토록 두렵게 만든 것은 무엇일까?

이제는 시간마저 멈춘 듯했다.

그때 한빈의 손이 미세하게 움직였다.

그 모습에 젊은 각주들은 손을 뻗었다.

"안 돼!"

한빈이 주작각주에게 손을 쓴다고 생각해서였다.

주작각주는 그들의 동료였다.

동료가 당하는 것을 보고만 있을 수는 없었다.

달려 나가던 그들은 발길을 멈췄다.

한빈은 주작각주를 향해 손을 쓴 것이 아니었다.

그저 주작각주의 어깨를 토닥일 뿐이었다.

한빈의 토닥임에 주작각주의 떨림이 멈췄다.

주작각주는 조용히 고개를 들어 한빈을 바라봤다.

시선이 마주치자 한빈이 말했다.

"아까 말씀드리지 않았습니까? 이 서책이 각주님들의 운명을 바꿔 줄 것이라고요."

"그래도 그렇지, 어째서 제게 이런 비급을 주신 겁니까? 아니, 어째서 보여 주신 겁니까?"

주작각주의 말에 모두가 고개를 갸웃했다.

생각지도 못한 단어가 나왔기 때문이다.

바로 비급이란 단어였다.

하지만 젊은 각주들은 입을 열지 않았다.

그저 멍한 눈으로 상황을 지켜볼 뿐이었다.

한빈은 그들의 시선에 아랑곳하지 않고 말을 이었다.

"보여 주는 게 아니라 주는 겁니다. 이제부터는 이 무공을 익히십시오."

"네?"

"구경하라고 주는 비급이 아니라 익히라고 주는 겁니다."

"자, 잠시만요. 저는 이해가 되지 않습니다. 혼원벽력도는 가문의 직계만이 익힐 수 있는 무공입니다. 그런데 이걸 왜 저희에게 익히라고 주시는 겁니까? 사, 사 공자, 대체 왜 이런 호의를……."

주작각주는 말을 잇지 못했다.

상식선에서 이해가 되지 않는 것이었다.

혼원벽력도는 최근에야 복원된 하북팽가의 절대도법이었다.

복원되기 전에도 혼원벽력도는 가주의 형제와 가주의 직계만이 익힐 수 있는 무공이었다.

그런데 왜 지금 혼원벽력도를 내준다는 말인가?

주작각주는 지금 한빈의 진의를 의심하고 있었다.

이게 시험이라면?

목을 내치기 전에 주는 마지막 술잔이라면?

주작각주의 머릿속에는 수많은 의문이 가득 찼다.

그때 주작각주가 표정을 다급히 수습하고 물었다.

"그런데 집법당주님은 왜 같이 오신 겁니까?"

타당한 질문이었다.

단죄가 아니라 상을 내리는 자리였다.

그런데 집법당주가 와서 분위기를 잡고 있으니 마음 한구석에 의심이 피어나는 것은 당연했다.

한빈이 웃으며 말했다.

"나와 형님은 모두가 강해지기 위해서는 가문의 힘을 공유해야 한다고 판단했습니다. 직계만이 혼원벽력도를 익힌다는 것은 누가 말한 겁니까?"

"그, 그건 가문의 규칙입니다."

"그래서 집법당주님께서 오신 겁니다. 가칙은 바뀌었습니다. 그 바뀐 가칙을 선포하기 위해서 오신 겁니다."

한빈은 시선을 돌렸다.

그곳에는 웃음기 가득한 얼굴로 상황을 지켜보고 있던 팽대위가 있었다.

시선을 받은 팽대위가 말했다.

"혼원벽력도는 원로와 각주 들에게 공개한다는 것이 새로 바뀐 가칙이다. 그리고……."

팽대위가 천천히 주작각주 쪽으로 걸어갔다.

그의 앞에 선 팽대위가 주작각주의 어깨를 감쌌다.

커다란 호랑이에게 잡힌 듯한 늑대를 보는 것 같은 착각이 들 정도로 둘의 덩치 차이는 컸다.

팽대위가 친근한 표정으로 주작각주를 바라봤다.

"아까 말한 게 사실인가?"

"네?"

"업무비로 기루에 갔다는 거 말이네."

"아……."

주작각주는 입을 벌렸다.

그제야 자신의 죄를 털어놓은 것이 기억난 것이다.

팽대위가 씩 웃었다.

"주작각주는 따로 좀 보세."

"죄, 죄송합니다."

"기루를 가서 벌을 받는 것이 아님을 알아 두게."

"그게……."

"나를 빼고 혼자 갔으니 벌을 받기에는 충분하지. 하하."

팽대위의 말에 주작각주의 표정이 풀렸다.

굳었던 그의 얼굴이 마치 물에 풀어놓은 한지처럼 부드러워졌다.

그때 팽혁빈이 나섰다.

"이걸로 나와 아우 그리고 자네들 사이의 기 싸움을 끝내세. 그리고 자네들의 속마음은 충분히 들었네. 서로 간에 이정도는 털어놔야 한다고 생각해서 마련한 자리일세."

말을 마친 팽혁빈이 자신의 거도를 바닥에 찍었다.

쾅!

마무리를 짓자는 신호였다.

동시에 현무각이 울렸다.

쿵, 쿵.

각주들도 자신의 도로 바닥을 찍었다.

한동안 같은 소리가 현무각에 울렸다.

팽혁빈은 조용히 주변을 둘러봤다.

젊은 각주들과의 싸움은 이걸로 마무리된 것 같았다.

지금 그들의 표정을 보면 당장이라도 가문을 위해서 목숨을 걸 것 같았다.

팽혁빈은 자신의 아우를 바라봤다.

순진하기만 한 줄 알았던 막내 한빈이었다.

그런데 지금 보니 능구렁이가 수십 마리는 들어가 있는 것 같았다.

지금 넘긴 혼원벽력도는 복원된 완벽한 비급이 맞았다.

하지만 한빈을 중심으로 복원된 비급을 토대로 새로운 무공을 창안했다.

바로 진혼원벽력도였다.

그런 이유로 혼원벽력도의 등급은 한 단계 아래로 떨어졌다.

각주들에게 풀 수 있는 등급과는 불과 한 등급 차이.

지금 그들에게 보인 호의는 가주의 지시로 가능한 일이었다.

가장 무서운 것은 지금 그들이 보인 행동 하나하나가 모두 시험이라는 점이었다.

소리가 줄어들자 팽혁빈이 한빈에게 눈짓했다.

신호를 받은 한빈이 한 발 앞으로 나왔다.

한빈의 표정은 그 어느 때보다 진지했다.

"각주님들, 혹시 적혈맹호대가 어떻게 강해졌는지 궁금하지 않으십니까?"

"……."

젊은 각주들은 입을 굳게 닫은 채 막내 공자 한빈을 바라봤다.

궁금하지만, 그냥 한빈의 다음 말을 기다릴 수밖에 없었다.

모두가 침을 삼키고 있을 때, 한빈이 말을 이었다.

"저는 그 궁금증을 풀어 드리고 싶습니다. 물론 여러분께 그 비법을 전달할 수도 있습니다."

한빈은 말을 끊고 모두를 바라봤다.

그들의 눈빛은 용암처럼 끓고 있었다.

그도 그럴 것이, 혼원벽력도를 자신들에게 줬다.

거기에 적혈맹호대의 수련 비법을 공개하겠다고 했다.

이것은 무인으로서의 꿈을 이룰 기회였다.

주작각주는 자신도 모르게 한빈을 향해 포권했다.

"사 공자, 부탁드립니다. 옛 성현은 아침에 도를 들으면 저녁에 죽어도 좋다고 했습니다. 저도 마찬가지입니다. 그 비법을 알 수 있다면 저는 이 목숨 버려도 좋습니다, 사 공 자님!"

목소리에는 진심이 묻어 있었다.

적혈맹호대의 강함은 각주들이 아직 풀지 못한 수수께끼 였다.

이류도 안 되는 무인들이 단기간에 절정의 경지까지 올라 간다는 것은 기연이 없고서야 말이 되지 않았다.

하지만 그 기연이 무엇인지는 아무도 알 수 없었다.

모두가 눈을 빛내자 한빈이 말을 이었다.

"하하, 할 일이 많으신 분이 목숨을 버리시면 안 되죠. 다 만!"

한빈이 잠시 말을 끊었다.

순간 현무각 안에 알 수 없는 기세가 들끓었다.

그것은 젊은 각주들의 열망이었다.

분위기를 확인한 한빈이 흡족한 표정으로 말을 이었다.

"문서가 아니라 몸으로 익혀야 합니다. 이 비법대로라면 혼원벽력도를 익힐 수 있는 초석을 일주일 내로 마련할 수도 있습니다."

"지, 진짜입니까?"

주작각주의 목소리가 떨렸다.

혼원벽력도를 익히기까지 필요한 시간은 적어도 오 년이 라는 말이 있다.

그런데 일주일 안에 그 기본을 마련한다고?

이것은 불가능한 일이었다.

하지만 적혈맹호대가 절정의 경지를 이룬 기간을 생각한다면 마냥 불가능한 것만은 아니었다.

그게 사실이라면 주작각주는 자신의 영혼이라도 팔 각오가 되어 있었다.

진지한 그 모습에 한빈이 미소 지었다.

"사실입니다."

"어떻게 하면 되겠습니까?"

"알고 싶은 각주는 여기에 줄을 서시면 됩니다. 그리고 그 비법을 익힌 각주에게 특혜를 주겠습니다."

"여기에 서면 됩니까?"

말을 마친 주작각주가 한빈의 앞에 섰다.

순간 주작각주의 뒤로 다른 각주들이 주르륵 줄을 섰다.

뒤쪽을 보던 주작각주가 안심이 안 되는지 조심스럽게 덧붙였다.

"서약서를 쓰라면 쓰겠습니다."

"걱정하지 마시죠. 지난번에 쓴 서약서에 모두 포함되어 있으니까요!"

한빈이 의미심장한 표정을 지었다.

물론 다른 각주들은 한빈의 표정은 신경 쓰지도 않았다.

그날 저녁.

한빈은 팽혁빈과 마주 앉아 술잔을 들고 있었다.

술잔을 들이켠 팽혁빈이 말했다.

"네 마음이 그렇게 넓은 줄은 몰랐다."

"그게 무슨 말씀입니까? 형님."

"가문의 기밀을 누출한 자까지 용서하다니 말이다."

"뭐, 용서가 필요할 때는 과감해야 하는 법이죠. 형님."

말을 마친 한빈이 고개를 돌렸다.

사실 한빈은 그자를 용서하지 않았다.

한빈은 혼원벽력도를 무작위로 나누어 준 것이 아니었다.

배신자에게는 조금 다른 비급을 남겨주었다.

만약 그 비급을 빼돌린다면?

아마도 그 비급을 받은 문파는 주화입마라는 말이 친근해
질 것이었다.

팽혁빈이 뭔가 생각났다는 듯 물었다.

"아우야, 그런데 나 역시 적혈맹호대의 수련 비법이 궁금
하구나."

"그건 형님에게는 무리입니다."

"허허, 서운하구나."

팽혁빈은 술잔의 끝을 검지로 만졌다.

서운할 때 나오는 그의 버릇이었다.

그 모습을 한빈은 알고 있었다.

한빈은 빙긋 웃었다.

진심이 담긴 웃음이었다. 수련의 내용을 밝히는 것은 그리 어렵지 않았다.

하지만 팽혁빈에게 그 수련을 시킬 수는 없는 일이었다.

"궁금하시면 직접 구경하셔도 좋습니다. 하지만 형님에게 수련을 권할 수는 없습니다."

"흠, 그래. 구경만으로 만족하마!"

팽혁빈은 고개를 끄덕였다.

물론 서운한 마음을 숨기느라 표정 관리를 하고 있었다.

각주들에게도 공개하기로 한 수련이었다.

팽혁빈은 자신도 그 수련에 참가하면 안 되겠느냐고 했지만, 한빈은 결단코 불가능하다고 손을 저었다.

　

꽃

　

이틀 후, 천수장으로 가는 길의 어느 산자락.

팽혁빈은 한빈에게 서운한 마음이 단번에 풀렸다.

그는 안타까운 눈빛으로 각주들을 바라보고 있었다.

훈련은 하북팽가를 나오면서 시작되었다.

뒷산의 초입에 들어서자 한빈은 각주들에게 복면을 씌웠다.

야행복에 잠입용 복면을 씌우고 눈만 드러낸 상태에서 그들은 산을 타고 있었다.

하루 반 동안 그들에게 휴식은 없었다.

복면이 얼마나 거추장스러운지 그들의 호흡을 방해하는 것은 물론이요, 흘러내리는 땀까지 막고 있었다.

이것은 수련이 아니라 고문을 하는 것만 같았다.

더 무서운 것은 조교라고 데려온 적혈맹호대 대원들이었다.

적혈맹호대 대원들은 모두 이마에 붉은 띠를 두르고 있었다.

그중에서 가장 악랄한 것은 심미호 부대주였다.

한빈의 옆에 있을 때는 서글서글하고 공손해 보였던 그녀는 한마디로 악마였다.

지금도 그녀는 각주들을 옥죄고 있었다.

그녀에게 각주들은 훈련생에 불과했다.

심미호가 낮은 목소리로 말했다.

"누가 대답했습니까? 대답은 악으로 통일합니다."

"악!"

각주들이 동시에 소리 질렀다.

수련이 시작되고 '아니오'라는 대답은 할 수 없었다.

'네'라는 대답만 가능했다.

모든 것이 서약서에 나와 있는 사항이었다.

'네'라는 대답을 '악'이라고 말하는 것도 수련의 규칙이었다.

덕분에 그들은 심미호의 지시에 '악'이라고 소리 지를 수밖에 없었다.

이미 각주라는 허울 좋은 감투는 벗어던진 지 오래였다.

한빈은 하북팽가의 정문을 통과하자 그들의 앞에 서약서를 내밀었다.

죽는 것조차 조교의 허락을 받아야 한다는 것도 이 수련의 특별한 규칙이었다.

채찍만 있는 것은 아니었다.

이번 수련을 통해서 한빈은 힘을 약속했다.

그 약속에 그들의 가슴은 용암처럼 들끓었다.

물론 그 용암은 산기슭을 넘어가면서 차갑게 식었다.

팽혁빈은 복면 안쪽으로 보이는 식어 가는 그들의 열정을 관찰하고 있었다.

그들은 지금 열정 대신에 후회를 가득 품고 있을 것이 분명했다.

팽혁빈은 한빈의 비밀 수련법이 궁금했기에 동행했다.

차기 가주로서 당연히 알아야 한다는 의무감도 있었다.

하루하고 반나절이 지났을 뿐인데 천수장으로 가는 길은 멀게만 느껴졌다.

자신이 저곳에 끼어서 똑같은 훈련을 받았다면?

과연 저렇게 버티고 있을까?

아마 저들도 서약서만 안 썼다면 버티지 못했을 것이다.

지켜보는 것만 해도 고통스러운데 어떻게 버틸 수 있을까?

물론 육체적인 시련만이 힘든 것은 아니었다.

각주들은 자신의 지위를 모두 내려놓고 있었다.

그들은 하북팽가의 수뇌부.

그런 그들이 지금 한낱 무력대의 부대주와 대원에 불과한 이들의 통제를 받고 있다는 상황이라면?

자존심이 부스러지는 소리가 여기까지 들리는 것만 같았다.

그때였다.

팽혁빈에게 누군가 손을 내밀었다.

"이거 드실래요?"

고개를 돌려 보니 설화가 당과를 들고 있었다.

그 모습에 팽혁빈은 움찔했다.

차기 가주로서의 위엄은 팽개치긴 했지만, 현 상황이 너무 부조화스러웠기 때문이다.

지금 각주들은 산을 오르며 비명을 내지르고 있었다.

처음에 깔끔했던 복장은 찢어지고 해어져서 거지 행색이 되어 버렸다.

바로 옆에는 아수라장이 펼쳐지고 있다는 말이었다.

그런데 설화의 천진난만한 얼굴을 보면 주변에서 아무 일
도 벌어지지 않은 듯했다.

이 점이 너무 이상했다.

설화가 다시 물었다.

"대공자님, 당과 드실래요?"

"그래, 고맙구나. 그런데 하나만 물어보자꾸나."

"말씀하세요, 공자님."

"너는 저 모습에 아무 느낌도 들지 않는 것이냐?"

"수련이잖아요."

"수련이라……."

"우리 공자님이 무인이 강해지려는 욕망에는 이유가 없다
고 하셨어요."

"내가 보기에는 아무런 상관이 없는 것 같다."

"뭐, 강해지기만 하면 되는 거잖아요. 왜 저런 수련을 하느
냐는 문제가 되지 않잖아요."

"넌 저 수련으로 강해질 수 있다고 보느냐?"

진심이 담긴 질문이었다.

이런 수련 방법으로는 절대로 강해질 수 없었다.

설화가 고개를 갸웃한다.

"대공자님은 우리 공자님을 못 믿으시는 거예요?"

"흠."

팽혁빈은 자신도 모르게 헛기침했다.

설화의 눈빛에는 의문이 가득 담겨 있었다.

어찌 보면 팽혁빈이 품고 있는 의문보다 한 수 위였다.

헛기침한 팽혁빈이 다시 물었다.

"육체적인 수련은 수련이라고 해도 복면까지 씌우는 건 불편할 것 같구나."

"그건 저들 때문에 씌운 게 아니에요."

"그게 무슨 말이지?"

"그건 적혈맹호대의 조교들 때문에 씌운 거예요."

"각주들이 아니라 적혈맹호대 때문이라고 했느냐?"

"네, 부대주 언니와 조호 오라버니 그리고 장삼 아저씨가 마음이 여리거든요. 상대의 얼굴을 보고 저렇게 대할 만큼 모질지 못해서요."

"아……!"

팽혁빈은 탄성을 내질렀다.

가만히 설화를 보던 팽혁빈은 각주들을 조련하고 있는 조교들을 보고 고개를 흔들었다.

설화는 진심인 것 같았다.

팽혁빈이 보기에는 마귀라도 들린 것처럼 피도 눈물도 없는 그들이 마음이 여리다니!

팽혁빈은 문득 자신이 온실 속의 화초가 아니었나 하는 의문을 품었다.

사실 그도 수많은 시체를 지나오며 셀 수 없는 검과 도를 뚫고 여기까지 왔다.

팽혁빈은 설화의 눈을 바라봤다.

설화의 눈은 평온하기만 했다.

마치 바람 한 점 없는 동정호를 보는 듯한 착각마저 들었
다.

팽혁빈은 저 아이는 어떤 삶을 살아왔을까 궁금해졌다.

팽혁빈이 듣기로는 길거리에서 거지 행세를 하다가 한빈
과 인연이 돼서 들인 아이라고 했다.

그가 의문을 키워 나갈 때였다. 팽혁빈의 눈앞으로 하얀색
호리병 쓱 나타났다.

고개를 돌려 보니 동생 한빈이 환하게 웃고 있었다.

"먼지 때문에 목이 컬컬하실 텐데 술 한잔 하시죠. 당과는
안주로 드시면 되겠습니다."

"그럼……."

팽혁빈은 아무렇지 않게 술병을 받아 들었다.

이제까지 동생에게 보여 줬던 형으로서의 체통을 지키기
위함이었다.

더 이상 감정을 드러내면 형으로서의 밑천이 다 드러날 것
만 같았다.

팽혁빈이 슬쩍 고개를 돌렸다.

그곳에서는 뭉게구름이 얽혀 흘러가고 있었다.

강호라는 물결 속에 얽힌 무인들의 삶과 비슷했다.

강호인은 같이 얽혀서 흘러가다가 언젠가는 눈앞에서 사라지고 다시 새로운 무리와 얽힌다.

하지만 구름은 영원할 수 없는 법.

팽혁빈은 한빈을 바라봤다.

한빈도 하늘 위의 구름에 불과했다.

조금은 덩어리가 크지만…….

그렇다면, 과연 자신이 흩어지는 구름을 조금이라도 더 유지하는 데 힘이 될 수 있을까?

팽혁빈은 조용히 고개를 끄덕였다.

힘이 안 된다면 앞으로 힘을 기르면 되었다.

그때 각주들의 목소리가 산기슭에 다시 울려 퍼졌다.

"악!"

그 소리에 팽혁빈은 고개를 저었다.

힘을 기르기는 할 테지만, 저런 방법은 사양이었다.

일주일 후.

천수장의 연무장에서는 한 무리의 거지들이 모여 있었다.

물론 그들의 정체는 각주들이었지만, 누가 봐도 거지였다.

얼굴에는 진흙이 잔뜩 묻어 있었으며 찢어진 의복 아래에 드러난 피부는 온전한 곳이 없었다.

이제 그들은 복면을 쓰고 있지 않았다.

복면을 벗은 것이 아니라 훈련 도중에 복면이 다 찢어져 남아 있지 않았기 때문이었다.

얼굴에는 핏기 하나 없었지만, 그들의 눈빛만은 살아 있었다.

서기들이 이곳 과정을 수료하면서 보인 눈빛보다 몇 배는 강렬했다.

어찌 보면 당연한 일이었다.

그들은 서기들과는 비교할 수 없는 강도 높은 수련 과정을 거쳤다.

서기들이 마친 것은 일반인의 기준에서 준비한 과정이고, 각주들에게는 무인의 기준에 맞는 과정을 준비했다.

각주들은 일류에서 절정의 무위를 가진 무인들이었다.

당연히 그들의 경지를 높이려면 그에 걸맞은 수련 방법이 필요했다.

그들이 거친 수련 방법은 적혈맹호대와 비슷했다.

물론 팽혁빈은 속사정까지는 알지 못했다.

하지만 그들의 눈빛이 달라졌다는 것은 확실히 알았다.

그들은 눈빛만으로 강호를 삼킬 것만 같았으니까.

팽혁빈은 팔짱을 풀고 그들에게 가려 했다.

각주들의 고행을 치하하려 함이었다.

그때 한빈이 팽혁빈의 걸음을 막았다.

"형님, 잠시만요."

"……."

팽혁빈이 고개를 갸웃하자 한빈은 교관인 심미호를 가리켰다.

팽혁빈은 그제야 고개를 끄덕였다.

아직 수련이 완전히 끝난 것이 아니라는 말인 듯했다.

그때 심미호가 각주들을 향해 외쳤다.

"일주일간 고생 많았다!"

"악!"

동시에 구령이 연무장에 울려 퍼졌다.

그 모습을 흡족하게 바라보던 심미호가 다시 말을 이었다.

"훈련은 끝입니다."

"악!"

다시 구령이 울려 퍼지자 심미호가 머리에 두른 붉은 띠를 풀러 바닥에 던졌다.

그러고는 그들을 향해 깊숙이 포권했다.

심미호가 고개를 들었다.

그녀의 표정은 완전히 바뀌어 있었다.

훈련 도중에는 표독스러운 데다 차갑게 보이기까지 했다.

그녀의 까무잡잡한 피부가 부드럽게 흔들린다.

그녀가 어색하게 웃고 있다.

각주들은 그 웃음에도 반응하지 않았다.

심미호가 웃더라도 훈련 기간의 인상이 하루아침에 변할 리 없었다.

심미호가 살짝 고개를 숙이며 입술을 뗐다.

"고생 많으셨어요, 각주님들! 이제는 구령을 안 붙이셔도 돼요. 혹시라도 본가에 만나면 저를 미워하지 마세요."

그 말을 마지막으로 심미호는 돌아섰다.

각주들의 표정이 살짝 바뀌었다.

웃는 것도 아니고 우는 표정은 더욱 아니었다.

감정을 수습 못 하는 어린아이와 같은 천진난만한 표정이었다.

울어야 할지 웃어야 할지 감도 잡히지 않는 상황.

심미호가 퇴장하고 나자 장삼과 조호도 앞으로 나와 그들에게 정중히 포권했다.

이제 각주들의 앞에는 아무도 없었다.

여전히 각주들은 군기가 바싹 든 상태에서 도열해 있었다.

조교들이 사라지자 휑한 느낌마저 들었다.

그 상태에서도 그들은 군기를 풀지 않았다.

그때 한빈이 팽혁빈을 밀었다.

그러고는 눈짓했다. 마치 주인이 나설 때라는 말 같았다.

한빈에게 등 떠밀린 팽혁빈이 각주들 앞에 섰다.

팽혁빈이 앞에 서자 각주들이 일제히 외쳤다.

"충! 대공자를 뵙습니다!"

마치 한 명이 말한 것처럼 그들의 목소리가 울려 퍼졌다.

그리고 이어지는 묵직한 소리.

쿵! 쿵!

마치 병장기로 바닥을 찍는 것 같은 육중한 소리였다.

팽혁빈은 자신도 모르게 그 소리에 반응했다.

그들은 지금 일제히 포권지례를 올리고 있었다.

'쿵' 하는 소리는 그들의 손바닥과 주먹이 맞부딪치는 소리
였다.

단순한 포권지례에 저런 소리가 나다니!

그들에게는 분명 변화가 있었다.

팽혁빈이 놀란 것은 소리뿐만이 아니었다.

그는 각주들의 동작에도 놀라고 있었다.

허리는 정확히 직각.

모든 각주의 허리 각도가 일정했다.

마치 같은 사람을 화선지에 여러 번 그려 놓은 것 같은 착
각이 들 정도였다.

팽혁빈도 정중하게 그들을 향해 포권지례를 올렸다.

"고생하셨소!"

짧지만 여러 감정이 녹아들어 있었다.

수뇌부를 향한 예의가 아니라 역경을 이겨 낸 무사들을 향한 예의였다.

팽혁빈이 고개를 돌려 한빈을 바라봤다.

이제 한빈의 차례였다.

한빈은 아무렇지 않게 휘적휘적 그들의 앞에 섰다.

그를 바라보는 각주들의 눈빛은 더욱 뜨거웠다.

심미호를 바라보는 눈빛에는 경외가 담겨 있었고.

팽혁빈의 바라보는 시선에는 가문을 향한 충성심이 담겨 있었다.

지금 앞에 서 있는 한빈을 향한 눈빛은 조금 다른 의미를 담고 있는 것 같았다.

그것은 바로 기대감이었다.

그렇다면, 그들이 품고 있는 기대감은 과연 무엇일까?

한빈은 천수장으로 향할 때 각주들에게 두 가지 약속을 했었다.

약속은 간단했다.

첫째는 그들을 강하게 해 준다는 말이었다.

두 번째 약속은 수련을 통과할 시에는 상상도 하지 못할 혜택을 주겠다는 것이었다.

각주들은 그 약속을 지키길 기대하고 있었다.

그들의 앞에 선 한빈이 말했다.

"이제 첫 번째 약속을 지키겠습니다!"

한빈이 손가락 하나를 폈다.

순간 이제까지 유지하던 자세가 흐트러졌다.

자신도 모르게 목을 길게 뺀 것이다.

사실, 옆에서 지켜보던 팽혁빈도 고개를 길게 뺐다.

그들의 정신과 기세가 달라졌다는 것은 인정하지만, 무인
이 강해졌다는 것은 바로 경지의 상승을 의미한다.

그렇다면 그들의 경지가 높아졌을까?

그 점에서는 고개를 저을 수밖에 없었다.

경지를 단시간 내에 높이기 위해서는 기연이 있어야 한
다.

어떤 이는 영약으로 경지를 극복하고.

어떤 무인은 비급으로 경지를 뛰어넘는다.

물론 둘 다 연이 닿아야 가능한 일이었다.

영약을 먹었지만 몸에 안 맞아서 효과를 못 볼 수도 있고,
비급을 손에 넣었지만 자신의 내공심법과 맞지 않아 낭패를
볼 수도 있는 일이었다.

팽혁빈이 보기에는 수련 과정 중 영약을 취한 자는 아무도
없었다.

물론 새로운 무공을 익힌 자도 없었다.

정신력과 기세만이 달라졌을 뿐이었다.

거기에 더해 황궁 병사들보다 더한 군기를 뽐내고 있을 뿐
이었다.

팽혁빈은 아우가 어떻게 그들에게 약속을 지킬지가 궁금
했다.

모두가 마른침을 삼키고 있을 때, 한빈이 입을 열었다.

"그대들은 강해졌습니다. 그러니 나는 첫 번째 약속을 지
켰습니다."

"……."

갑자기 싸늘해진 연무장.

마치 한겨울에 들이닥친 북풍이 쓸고 간 느낌마저 들었
다.

몇몇 각주의 눈빛이 흔들렸다.

그때 주작각주 가기군이 한 발 나왔다.

그는 한빈에게 고개를 숙였다.

불만은 있되 예를 취한 것이다.

한빈이 물었다.

"주작각주, 할 말 있습니까?"

"네. 저희가 강해진 게 맞습니까?"

주작각주는 눈을 빛냈다.

군기가 바짝 든 것은 맞았다.

거기에 더해 그는 누구도 두려워하지 않은 만큼의 담력을
이번 수련을 통해서 얻었다.

수뇌부가 지녀야 할 자존심 같은 것이 아니었다.

자신의 말이 잘못되었다면 그 죗값을 달게 받을 각오가 되

어 있는 것이다.

주작각주 가기군은 기대감 가득한 눈으로 한빈을 바라봤
다.

그는 정보 수집이라는 업무 특성상 수련할 시간이 부족했
다.

하지만 무인으로서의 자긍심은 누구보다 높았다.

덕분에 전에 한빈과 병기를 맞댄 적도 있었다.

무인으로서의 자긍심을 기준으로 본다면 그의 무공 수준
은 낮았다.

그의 꿈은 한 번이라도 도기(刀氣)를 피워 내는 것이다.

도에 자신의 진기를 둘러 보고 싶은 것이 바로 그의 목표
였다.

그렇다면 지금은?

그가 생각하기에 무공의 경지는 일주일 전과 똑같았다.

한빈이 약속을 지켰다고 한 것은 말장난에 가까웠다.

변화가 있었다면 자신이 모를 리 있겠는가?

주작각주 가기군의 눈빛이 실망으로 물들려 할 때였다.

그의 귓전에 익숙한 소리가 들려왔다.

딱!

한빈이 손가락을 튕기는 소리였다.

아니나 다를까.

저 멀리서 누군가가 다가온다.

설화가 앞장서고 그들의 뒤에서 적혈맹호대 대원들이 몇 대의 수레를 끌고 온다.

그 수레가 그들의 앞에 도착할 때까지 어색한 침묵이 이어졌다.

드륵.

드디어 수레가 멈췄다.

수레 앞에 선 한빈이 주작각주를 바라봤다.

"주작각주, 앞으로 나오시지요!"

"명 받들겠습니다."

주작각주가 한빈의 앞에 섰다.

한빈이 수레에서 검은 천에 싸인 물건 하나를 꺼냈다.

검은 천에는 주작각주의 이름이 새겨져 있었다.

주작각주는 한빈에게 물건을 건네받았다.

물건을 받은 주작각주의 표정이 긴장한 듯 살짝 굳었다.

무게가 묵직한 데다 한기까지 느껴졌기 때문이다.

한빈이 턱짓했다.

"풀어 보시지요, 주작각주."

"알겠습니다."

말을 마친 주작각주는 눈을 크게 떴다.

검은 천을 걷어 내자, 안에서 상상도 못 할 물건이 나왔다.

그것은 먹빛 윤기가 감도는 도였다.

예사롭지 않은 분위기를 풍기는 도를 손에 쥔 주작각주는 약간은 난감한 눈빛으로 한빈을 바라봤다.

한빈은 그 시선에 화답하듯 말을 이었다.

"주작각주는 경지를 뛰어넘기 위해 무엇이 필요하다고 보십니까?"

"……."

주작각주는 아무 말도 하지 못했다.

자신이 없어서가 아니었다.

마주한 한빈의 표정이 너무 진지해서였다.

한빈이 다시 말을 이었다.

"제가 생각하기에 가장 빨리 무인을 성장시킬 수 있는 요소에는 세 가지가 있습니다. 그중 두 가지가 영약 그리고 비급입니다. 그럼 남은 하나는 무엇일까요?"

"저는 모르겠습니다. 나머지 하나가 무엇입니까?"

"바로 무기입니다."

"무기라면……."

"바로 보검이나 보도 같은 물건을 말하는 겁니다. 주작각주가 들고 있는 무기도 그중 하나라고 생각합니다. 꽤 많은 현철이 섞여 있으니까요."

"지, 지금 현철이라고 하셨습니까?"

"네, 맞습니다. 이것은 형님과 내가 그대들에게 내리는 선물입니다."

"대체 이 보도를⋯⋯."

"일단 기수식을 취해 보시지요, 주작각주."

말을 마친 한빈은 뒤로 물러났다.

순간 연무장이 술렁이기 시작했다.

각주들은 뒤로 물러나서 발을 굴렀다.

쿵. 쿵.

비무를 환영한다는 표시였다.

지금의 상황은 누가 봐도 명확했다.

현철로 만든 칼을 각주들에게 내리고 그 무기를 시험할 수 있도록 한빈이 비무를 제안한 것이다.

몇몇 각주는 고개를 흔들었다.

현철로 만든 보도가 값진 것은 사실이다.

하지만 그보다 중요한 것은 무기가 손에 익었느냐 하는 점이었다.

현철이 섞인 덕분에 크기는 같아도 더 무게가 나갈 것이었다.

거기에 더해 수련 기간에 그들은 자신들의 도를 잡아 보지도 못했다.

그런데 무게가 전혀 다른 도를 잡고 비무를 한다고?

실력을 모두 보이기는 힘들 것이다.

다만, 저 보도로 비무에 임한다면 무기의 우월성은 확인할 수 있을 터였다.

한빈이 비무를 제안한 것은 무공의 경지를 보려 함이라고
생각했다.

단순히 병기의 성능을 그들에게 보여 주기 위함이 분명했
다.

옆에서 지켜보던 팽혁빈의 생각도 똑같았다.

사실 팽혁빈은 놀라고 있었다.

무기로 무인의 무위를 끌어올린다는 생각은 그도 하지 못
했으니 말이다.

생각했다고 해도 저런 막대한 돈을 투자할 엄두는 내지 못
했을 것이다.

이건 상상을 초월한 방법이었다.

그때 한빈이 팽혁빈에게 신호를 보냈다.

비무를 주관해 달라는 뜻이었다.

연무장의 중앙에 선 팽혁빈이 외쳤다.

"살생은 엄격히 금지하며……!"

그는 비무에 대한 규칙을 읊었다.

그러고는 내공을 담아 손뼉을 마주쳤다.

짝.

"지금부터 비무를 시작하겠소!"

그 말과 함께 한빈이 월아를 뽑았다.

주작각주 가기군은 이미 기수식을 취하고 있었다.

틈이 생기면 언제든 달려들 수 있도록 무게중심을 옮기고

있었다.

눈빛만 보면 먹이를 노리는 승냥이에 가까웠다.

그와 비교해 한빈은 아무런 표정도 없었다.

그의 눈빛은 망망대해에 떠 있는 돛단배처럼 자연스러웠다.

바람이 부는 대로 향하겠다는 자연스러움.

한빈은 여유 있게 한 손만 들었다.

한 손이면 충분하다는 듯 오른손으로 월아를 잡고 왼손은 뒷짐 졌다.

그 모습에 가기군이 눈을 빛냈다.

수련을 하며 얻은 것 중 가장 큰 것이 바로 자신감이었다.

그리고 살아남기 위한 판단력.

그 두 개는 수련에서 얻은 가장 큰 성과였다.

무공은 제자리지만 생존 본능만큼은 한계를 뛰어넘었다고 자신하고 있었다.

주작각주 가기군은 재빨리 한빈의 틈으로 달려들었다.

그때였다.

생존 본능이 꿈틀댔다.

뭔가 위기가 다가오고 있다는 생각이 들었다.

그는 재빨리 속도를 줄였다.

강호에 이런 속담이 있다.

바로 나무를 보지 말고 숲을 보라는 말이다.

하지만 일단 들어가면 정작 거대한 숲의 정경을 보는 것은
힘들었다.

가기군이 그랬다.

지금 그는 나무만 볼 수 있었다.

하지만 그들의 비무를 지켜보던 다른 각주들은 숲을 봤
다.

한빈의 전체적인 움직임을 본 것이다.

그 움직임에 각주 중 몇이 비명을 토해 냈다.

"앗!"

"위험……!"

팽혁빈도 눈을 크게 뜨며 비무에 개입해야 하나를 고민했
다.

그것은 바로 한빈이 펼친 한 수 때문이었다.

오른손으로 월아를 잡으며 여유를 보인 한빈이 왼손으로
암기를 꺼내 들었다.

문제는 주작각주의 시야에서는 그 암기가 보이지 않는다
는 점이다.

비무에서 갑자기 꺼낸 암기라?

이건 가문 내 친선 비무에서 있을 수 없는 일이었다.

그때였다.

한빈이 암기를 던졌다.

슝!

암기가 가기군의 이마를 향해 날아갔다.

그 모습에 팽혁빈이 재빨리 달려갔다.

하지만 암기보다 빠를 수는 없는 법이었다.

어찌나 암기의 속도가 빠르던지, 어떤 종류의 암기인지도 육안으로 확인할 수 없었다.

순간 이상한 소리가 모두의 귓전에 울렸다.

서걱!

뭔가 갈라지는 소리였다.

바로 이어서 연무장 바닥에 뭔가 떨어졌다.

쨍!

또르륵.

순식간에 일어난 일에 모두는 멍하니 한 곳을 바라보고 있었다.

그것도 잠시, 모두는 입을 벌렸다.

비명조차 토해 내지 못할 상황이라는 말이다.

물론 가장 놀란 것은 주작각주 가기군이었다.

자신이 쥐고 있는 도에 푸른 강기가 일렁이고 있었다.

주작각주 가기군이 만들어 낸 도기였다.

하지만 정작 그는 지금 상황이 이해되지 않았다.

위험을 감지하고 그 위험을 본능적으로 차단해야겠다는 생각을 했다.

모든 것이 본능이었다.

    손끝에서 느껴지는 감각으로는 그 위험을 베어 냈다는 확신이 들었다.

    그런데 자신이 도기를 피워 내고 있다니!

    바닥에는 무쇠가 두 쪽이 되어 뒹굴고 있었다.

    본래의 모습은 아마도 구슬 모양이었을 것이 분명했다.

    "대, 대체 어떻게 내가⋯⋯."

    순간 그가 피워 냈던 도기가 희미해졌다.

    그와 동시에 한빈이 그의 앞으로 걸어왔다.

    "축하합니다, 주작각주."

    "사, 사 공자님, 대체 어떻게 제가 도기를?"

    "그건⋯⋯."

    한빈은 뒷말을 생략했다.

    물론 모두는 한빈이 생략한 말을 알고 있었다.

    ✦

    각주들은 그들의 무기를 받았다.

    무기를 감싼 천 위에는 그들의 이름이 쓰여 있었다.

    그들은 자신의 병기를 휘둘러 보기도 하고 쓰다듬기도 했다.

    그것도 잠시, 그들은 모두 도열해서 한빈을 바라봤다.

    한빈을 바라보는 그들의 눈시울은 붉어져 있었다.

미리 새겨 놓은 이름의 의미를 눈치챘기 때문이다.

그들 중 누구도 탈락하지 않으리라 확신하고 무기를 준비한 한빈에게 감격한 것이다.

그것도 보통 무기가 아닌 현철로 만든 도였다.

과연 어떤 가문에서 이런 투자를 할까?

십대세가의 어느 곳이라도 확신하고 이런 투자를 하는 곳은 없을 터.

거기에 가장 놀란 것은 자신들의 무공이 한 단계 더 향상했다는 것이었다.

분위기는 상상도 못 할 만큼 끓어올랐다.

비록 거지꼴을 하고 있지만, 무기를 쥐고 있는 각주들의 기세는 강호의 그 어떤 고수에도 뒤지지 않았다.

일반인은 살갗이 따끔거릴 정도의 강렬한 기세였다.

연무장은 마치 용광로처럼 점점 뜨거워졌다.

팽혁빈은 자신도 모르게 주먹을 불끈 쥐었다.

이번 일을 계기로 진정한 칼을 얻었다는 생각이 들어서였다.

그것은 현철로 만든 도가 아니었다.

그 칼은 바로 용광로에서 잘 단련된 현철처럼 빛을 내는 각주들이었다.

팽혁빈은 자신에게 칼을 준 아우를 조용히 바라봤다.

그때 한빈이 다시 입을 열었다.

"이제는 두 번째 약속을 지키겠습니다."

순간 연무장의 분위기는 뜨거워지다 못해 폭발할 것처럼 변했다.

다음 권으로 이어집니다